詩詞散文綜論

陶子珍 著

自　序

　　「詩」，是心靈之詠歌，一切文字之泉源，歷代詩人們，以不朽之樂章，營造出至真、至美之有情天地，千古以來，歷久彌新。

　　「詞」，一名詩餘，又名長短句，為具規律性與音樂性之韻文，詞人倚聲填詞，藉以當筵助興或抒發情感，生動委婉。

　　「散文」，為貫道之器，自先秦時代始，古代文學理論即已萌芽；兩漢時期，則出現文學論文專篇，及至魏、晉、南北朝後，中國文學之理論體系，始大備矣。

　　本書十篇論文，為余數年來研究之心得，先後分別發表於《錢穆先生紀念館館刊》、《現代青年》、《中國文化月刊》、《人事月刊》、《中國國學》及《林炯陽先生六秩壽慶論文集》等處，今分為「詩」、「詞」、「散文」三部分，予以匯集成書，付梓印行。撰寫期間，承蒙　王師偉勇、　黃師文吉之諄諄教導與關懷慰勉，衷心銘感，永誌難忘，謹以至誠，敬申謝意；並感謝東吳大學中文系碩士班學妹王秋文，協助繕打及

校對文稿。唯自揆資庸學淺，闕失不周之處，在所難免，尚
祈學界　先進，不吝　教正是幸。

陶子珍 謹識

中華民國九十三年元月

詩詞散文綜論　　目次

III

詩

情動於中而形於言──
談中國古典詩中的有情天地

壹、前言

　　《毛詩‧序》載:「詩者,志之所之也,在心為志,發言為詩。情動於中而形於言,言之不足,故嗟歎之,嗟歎之不足,故永歌之,永歌之不足,不知手之舞之,足之蹈之也。」因此,「詩」是心靈的旋律,情感的流露,須有不同的情感做為音符,才能譜響心曲,奏出動人的樂章。故詩詞之傳,是傳詩,亦是傳情,藉著詩篇,使人獲得一種心靈的撫慰,以及宣洩情緒的滿足,由詩人的匠心,與讀者的感悟,創造出大千世界的有情天地。

貳、中國古典「情」詩

　　所謂「人非草木,孰能無情。」故勞人思婦、孝子忠臣、芸芸眾生,各有其情。清‧項明達〈香消酒醒詞序〉曰:「辭藻,色也;言調,聲也。選聲配色,而以我詠嘆其間者,情

3

也。」[1]因而詩詞創作中章法結構的鋪述安排，或辭采聲律的技巧運用，均是在營造筆墨之外的詩情意境。所以本文擬於中國古典詩中，將詠懷抒情之作，歸納出幾種不同的情感加以分析探討：

一、宋玉堂前斜帶風─詠物寄託之情

《文心雕龍》〈明詩〉篇言：「人稟七情，應物斯感，感物吟志，莫非自然。」人因有喜、怒、哀、懼、愛、惡、欲等不同的情緒，隨著外界事物的變化，配合內心的感應，產生了許多聯想與類比，故詠物之作，雖是出於自然，但工巧實難，須不落言筌，貴有寓意及不脫不黏，始有遠韻。宋・張炎《詞源》曰：「詩難於詠物，……體認稍真，則拘而不暢；模寫差遠，則晦而不明；要須收縱聯密，用事合題，……斯為絕妙。」故詠物篇中，如植物界的松、竹、梅等：

> 松：「凌風知勁節，負雪見貞心！」（梁・范雲〈詠寒松〉）
>
> 竹：「竹生空野外，稍雲聳百尋。無人賞高節，徒自抱貞心。」（梁・劉孝先〈竹〉）
>
> 梅：「雪滿山中高士臥，月明林下美人來！」（明・高啟〈梅花〉）

---

[1]　劉慶雲著：《詞話十論》〈寫作論〉「情真」項引《清名家詞》（長沙：岳麓書社，1990年1月），頁127。

其中「松」的勁節，「竹」的高節，以及「梅」的高士形象，是狀物之貌，亦是詩人本身情感的投射，反映出潛藏於內在的人格特質。又如動物界的鳥、馬、蟬等：

> 鳥：「海燕雖微渺，乘春亦暫來。……無心與物競，鷹隼莫相猜。」（唐・張九齡〈歸燕詩〉）
>
> 馬：「吾聞良驥老始成，此馬數年人更驚。豈有四蹄疾於鳥，不與八駿俱先鳴。」（唐・杜甫〈驄馬行〉）
>
> 蟬：「過門無馬跡，滿宅是蟬聲！帶病吟雖苦，休官夢已清！」（唐・姚合〈閒居〉）

詩人以海燕、老驥、病蟬自況境遇，既寫物，又寫人，故名為詠物，實乃抒懷，然而也就因為詩人的多愁善感，寄託詠歎，致使宇宙萬物莫不含情。

二、良辰未必有佳期──困頓抑鬱之情

歐陽修〈梅聖俞詩集序〉說道：「蓋世所傳詩者，多出於古窮人之辭也。凡士之蘊其所有，而不得施於世者，多喜自放於山巔水涯，外見蟲魚草木風雲鳥獸之狀類，往往探其奇怪；內有憂思感憤之鬱積，其興於怨刺，以道羈臣寡婦之所歎，而寫人情之難言，蓋愈窮則愈工。然則非詩之能窮人，殆窮者而後工也。」因此「窮」是一種有力的生活試煉，應知「天下不如意事，十常八九」，人事的變化更是反覆無常，在命運的遇合中，豈能盡如人意，若不能跳脫名利的束縛，

得失的羈絆，那麼將會是一場永無止盡的苦難，予人以深切的苦痛。如：

> 流鶯漂蕩復參差，渡陌臨流不自持。……曾苦傷春不
> 忍聽，鳳城何處有花枝。（唐・李商隱〈流鶯〉）
> 我當二十不得意，一心愁謝如枯蘭。……壺中喚天雲
> 不開，白晝萬里閑淒迷。（唐・李賀〈開愁歌〉）

詩人李商隱是黨爭下的受難者，李賀則是因父諱而被拒於科舉門外的受害者，在他們的詩歌中，體現出愁苦憤悶的不平之鳴，是以「窮」塑造了詩人，也體驗了情感，且將懷才不遇，自傷哀憐，抑鬱難伸的困頓處境，化為首首憾人心弦的詩篇。

三、盡洗甲兵長不用─家國人倫之情

《禮記・儒行》載：「儒有不寶金玉，而忠信以為寶。不祈土地，立義以為土地。不祈多積，多文以為富。……儒有忠信以為甲冑，禮義以為干櫓。戴仁而行，抱義而處。雖有暴政，不更其所，其自立有如此者。」故儘管漢、魏以來篤信黃老玄學，初唐時釋道之風盛行，然儒家忠信仁義之精神，仍是數千年來維繫民族命脈之砥柱，因此詩人心中愛國的情操與倫理的親情，常洋溢於字裏行間。如：

> 老妻寄異縣，十口隔風雪。……入門聞號咷，幼子餓
> 已卒。……所愧為人父，無食致夭折。……默思失業

徒，因念遠戍卒。憂端齊終南，澒洞不可掇。（唐·
杜甫〈自京赴奉先縣詠懷五百字〉）

今皇神武是周宣，誰賦南征北伐篇？四海一家天屬
數，兩河百郡宋山川。諸公尚守和親策，志士虛捐少
壯年！京洛雪消春又動，永昌陵上草芊芊。（宋·陸
游〈感憤〉）

生當戰亂的詩人，遭逢流離失所之苦，在恨別思家之
餘，更憂念家國的存亡及黎民社稷的安危，其雖有報國之
心，然空懷壯志，請纓無路，致徒生白髮。故此等詩作，表
現出仁愛的胸懷，及人道主義的精神，並為國家民族的災
難，發出沈重的悲慨。

四、多情卻似總無情──男女愛戀之情

男女之間的愛情，自古以來即是文人雅士所樂於歌詠之
題，然由於中國古代社會受傳統儒教思想，及當時婚姻制度
的影響，情詩之作並不發達，因而中國的情詩，除男女相與
之情外，尚應包括「閨怨」及「弔亡」之作。如：

感郎崎嶇情，不復自顧慮。臂繩雙入結，遂成同心去。
（《清商曲辭》〈西烏夜飛〉其五）
池上鴛鴦不獨自，帳中蘇合還空然。……遼西水凍春
應少，薊北鴻來路幾千？願君關山及早度，念妾桃李
片時妍。（南朝陳·江總〈閨怨篇〉）
曾經滄海難為水，除卻巫山不是雲。取次花叢懶回

顧，半緣修道半緣君。（唐・元稹〈離思〉其四）

詩中可見獲得幸福愛情的女子，與思念遠征丈夫的少婦，以及懷念亡故愛妻的傷心人，主角形象雖有不同，但其對愛的執著，與情意的堅貞，則是亙古不變的，因而愛情之所以偉大，之所以為人歌誦，就在於那一份不悔的癡情。

五、千金散盡還復來─曠放浪漫之情

中國歷代的抒情之作，固多以纏綿委曲，哀感頑豔之筆，言愁寫恨，扣人心扉，但更有著是神采飛揚，豪氣干雲，浪蕩曠達的灑脫飄逸，此類詩篇展現的是另一種精神的昇華與生命的飛躍，四射出耀眼的光芒和充滿熱情的活力。如：

憶我少壯時，無樂自欣豫。猛志逸四海，騫翮思遠翥。
（晉・陶淵明〈雜詩〉其五）
欲渡黃河冰塞川，將登太行雪暗天。……行路難，行路難，多歧路，今安在！長風破浪會有時，直掛雲帆濟滄海。（唐・李白〈行路難〉其一）
自笑平生為口忙，老來事業轉荒唐。……逐客不妨員外置，詩人例作水曹郎。只慚無補絲毫事，尚費官家壓酒囊。（宋・蘇軾〈初到黃州〉）

詩人的情懷雖同樣是不得志的困頓抑鬱，但卻從不同的角度，另外的層面自我開脫，吐露出積極用世，壯志未已的心聲，並散發出「致君堯舜上，再使風俗淳」的自信與期許，

絕不向惡劣的境遇低頭，以樂觀超曠的胸襟，大步邁進，勇敢的向命運挑戰。

六、神兮長在有無間─鬼神虛幻之情

人、事、物的存在構成了宇宙萬象，形成多姿多采的繽紛世界，然在三度空間之外，尚存在著一個仙鄉酆都，耐人尋味的超現實空間，因其不能至，而又不可知，故引人遐想，遂成了詩人對現實生活無法獲得滿足的避難所。如：

> 天迷迷，地密密，熊虺食人魂，雪霜斷人骨，嗾犬狺狺相索索，舐掌偏宜佩蘭客。帝遣乘軒災自息，玉星點劍黃金軛。……分明猶懼公不信，公看呵壁書問天。（唐‧李賀〈公無出門〉）
> 青冥浩蕩不見底，日月照耀金銀臺。霓為衣兮風為馬，雲之君兮紛紛而來下。虎鼓瑟兮鸞回車，仙之人兮列如麻。……世間行樂亦如此，古來萬事東流水。（唐‧李白〈夢游天姥吟留別〉）

世間的擾攘不安，亂象紛呈，詩人在無能為力之際，只有在自己創造的幻想國度中，尋求保護與慰藉，但詩人自身早已心知肚明，這不過僅是一種心靈上的補償作用，然卻又信誓旦旦，懼人不信，其告知別人的同時，實則也是再一次的說服自己，使心靈獲得暫時的安寧與紓解。

七、解用無方處處緣─超脫世俗之情

　　世間多滄桑，人情多冷暖，終一生的競逐，當我們回頭觀照之時，是滿足的喜悅，還是無奈的空茫，抑或是了然於心的徹悟呢？唯有在無所爭、無所求的心境下，才可見出自性真我，也唯有超脫世間俗情的羈絆，詩歌中的詠歎，才能有落盡繁華的自然真淳。如：

> 結廬在人境，而無車馬喧。問君何能爾？心遠地自偏。采菊東籬下，悠然見南山。山氣日夕佳，飛鳥相與還。此中有真意，欲辯已忘言。（陶淵明〈飲酒〉其五）
>
> 有欲苦不足，無欲亦無憂。未若清虛者，帶索披玄裘。浮游一世間，泛若不繫舟。方當畢塵慮，棲志老山丘。（晉・史宗〈詠懷詩〉）

　　先賢有言：「世情當出不當入，塵緣當解不當結，人我勝負心當退不當進。」（《袁中郎全集》卷二十四〈答李元善〉），世情無常，塵緣難了，爭競之心更是一切痛苦的淵藪，唯賴詩人的當下醒悟，方能在萬丈紅塵中開闢出一片清新樂土。

參、結語

　　詩的主要內涵是「情」，而詩的價值即在於情的真摯。

柯慶明於《境界的再生》中說道：「詩 ── 假如到達了它的巔峰的話 ── 不僅是我們生命中最重要的體驗之一，也是我們的『生存』與『生活』之間的矛盾的一種解決。」[2]所以詩中的情感是相互牽繫，彼此關連的，並不能斷然的劃分與切割，而上述對詩情的分析探討，乃是欲呈現詩中不同的感情層面，對詩人的千古情懷做一省思，追尋一種無悔的美麗的心情。

【主要參考資料】

一、書籍

《詩與美》，黃永武著，臺北：洪範書店，1987 年 12 月四版。

《中國詩學》──思想篇，黃永武著，臺北：巨流圖書公司，1988 年 8 月一版。

《中國古代心理詩學與美學》，童慶炳著，北京：中華書局，1992 年 3 月第一版。

二、期刊論文

〈中國情詩論〉，黃永武撰，《古典文學》第七集，1985 年 8 月。

〈中國古代的愛情詩及其評價〉，甘安順撰，《學術論壇》，1986 年第 6 期。

2　柯慶明撰：〈詩與其批評的一種觀點〉，《境界的再生》（臺北：幼獅文化公司，1984 年 1 月），頁 12－13。

〈論杜甫的「民胞物與」情懷〉，劉明華撰，《文學遺產》，
　　1994 年第 5 期。

〈杜詩的倫理內涵與現代闡釋〉，謝思煒撰，《文學遺產》，
　　1995 年第 1 期。

人　生　何　似──

試析蘇軾〈和子由澠池懷舊〉

　　蘇軾字子瞻，宋仁宗景祐三年（西元一○三六年）生於蜀之眉州眉山縣，後來謫居黃州時自號「東坡居士」。蘇軾小時，聰穎過人，又非常好學，十六歲時，已博通各種經籍史書，並且揮筆成文。當蘇軾二十一歲，宋仁宗嘉祐元年（西元一○五六年），暮春三月時，三蘇父子啟程赴京，北向嘉陵江畔的閬中，自閬中登終南山，走上褒斜谷迂迴曲折，高懸天際的古棧道，此乃川陝間的交通要道；南褒（褒城縣）北斜（斜谷，在眉縣西）兩座山谷，壁立千仞，中間萬丈深坑下一道褒水，嘩嘩流過，沿途古木陰森，難見天日。這條鑿石架木的棧道，秦時即已開築，古道斜陽瘦馬，實是一場艱險的行役；至橫渠鎮，兄弟同遊了名為崇壽院的那座古廟，然後來到鳳翔，原本希望能在此好好休息一下行腳，不料鳳翔驛的驛舍年久失修，破落的不能留宿，懊喪之下，只得在小客棧過了一夜；接著東向而至長安，行至二陵間，乘騎的馬匹，因過份疲憊，病死中途，只好騎驢而至河南洛陽以西的澠池。三蘇到此，疲乏不堪，就借了老僧奉閑的僧舍歇腳，這老和尚照顧週到，兄弟倆在寺壁上題詩留念。

　　嘉祐二年（西元一○五七年），蘇軾二十二歲，應禮部試，以「刑賞忠厚之至論」得主考官歐陽修之賞識，擢置第

二,試春秋對義列第一,殿試中進士乙科;弟轍亦同榜及第。但一不幸的噩耗,忽自眉山傳來:軾、轍兄弟的母親程太夫人,已於本年四月初八日卒於紗縠行的老家。父子三人倉皇出京,奔喪返蜀,在鄉依禮守制。

　　嘉祐四年(西元一○五九年)七月服除,十二月蘇軾侍父偕弟自蜀舟行,出三峽,過鄂入京。嘉祐六年(西元一○六一年),蘇軾二十六歲,朝廷告下,任他為大理評事、簽書鳳翔府節度判官。蘇軾將赴鳳翔任所,其時蘇轍的出處未定,而父親孤身在京,無人陪侍,所以蘇轍乃決定留京侍父。蘇氏兩兄弟二十餘年的生命中,從來形影不離,未曾分開過一日,如今行至鄭州的西門郊外,驀然驚覺,必須就此分別,情不自禁地惶恐起來;但兄弟兩人經常互寄詩詞以相唱和,於是蘇轍在回京後寫了一首七律寄給蘇軾 ──〈懷澠池寄子瞻兄〉,懷念他們兄弟多年前趕考途中舊遊之處 ── 澠池的一間寺廟,蘇轍原詩如下:

> 相攜話別鄭原上,共道長途怕雪泥。
> 歸騎還尋大梁陌,行人已渡古崤西。
> 曾為縣吏民知否,舊宿僧房壁共題。
> 遙想獨遊佳味少,無言騅馬但鳴嘶。

(《欒城集》卷一)

　　當時蘇軾從汴京陸行到鳳翔,重過五年前舊遊的澠池,再訪奉閑的精舍,不料從前接待過他們的那位老和尚已經死了,變成廟後一座新造的墓塔,兄弟倆曾經題詩在上面的寺

中牆壁，也已頹壞，更無字跡可尋，接到弟弟蘇轍的這首詩，乃和韻作了一首，此詩成為日後詩壇上寫人生的名作（以上參李一冰《蘇東坡新傳》）。故今乃試析這首膾炙人口的七律──〈和子由澠池懷舊〉：

> 人生到處知何似？應似飛鴻踏雪泥。
> 泥上偶然留指爪，鴻飛那復計東西？
> 老僧已死成新塔，壞壁無由見舊題。
> 往日崎嶇還記否？路長人困蹇驢嘶。

（《蘇東坡全集》前集卷一）

這首詩首先以一句問話「人生到處知何似？」提出了對人生的質疑，人生所到之處究竟像什麼呢？這一問，不禁使人回首前塵，通過心靈的篩檢，去反省觀照過往的種種，一時之間，必定百感交集，而真的不知人生究竟像什麼？但蘇軾卻以超曠的智慧道出了：「應似飛鴻踏雪泥」，「雪」、「泥」給我們一種遼闊邈遠，但卻極為淒涼、坎坷的感受，渺小的鴻雁在一片蒼茫的雪泥中，能停留多久？又能留下什麼呢？

「泥上偶然留指爪」此句承上而來，說明了縱然在人生旅途上留下了些吉光片羽，也只是一個偶然罷了，當鴻雁飛走後，又那裏還能再「計東西」！一己生存在這蒼茫無際的大宇宙裡，仰觀俯察，凝視周遭所存在的一切，都悄悄的來，又匆匆的去，自感個人生命之有盡，一切又渺茫不可知；而所有生命裏的好時光，就像是書頁間的精美插圖，再怎樣讚

歎，也還是要翻過去的。但若能頓悟此點，不再感時傷春，積極樂觀的把握、珍惜現有的生命，相信一切將會更美好。

從另一個角度來看，此詩以一問句起頭，若僅用抽象的理論回答，就只是一種虛泛的觀念，不能引導讀者進入切身實感的境域。因此，必須改用屬於固定形象的字眼，化抽象為具體，變理論成圖畫，具體地將情景指點出來，詩句才會靈動，才具有神韻。所以此詩以「飛鴻踏雪泥」的具體意象，鮮活而明白的來比喻人生所到之處，「雪泥鴻爪」並因而成為蘇軾有名的譬喻之一。

在另一方面，此詩取景的角度也不是固定不移的，它是移動著視點，將各個角度所把握到的特性，總合在一首詩的畫面上。「人生到處知何似？」是一個回顧茫然的立體空間，構成一種廣遠迷惘的遼闊感；接著「飛鴻」二字一出，即在廣大的空間中找到了一個定點，然後畫面隨著「飛鴻」由遠及近移動，使視野愈來愈小，空間凝聚到了飛鴻在泥上所留下的「指爪」，緊接著又隨著「鴻飛」，使空間再度的轉向，將鏡頭拉到極遠處，人的心境亦由此而豁然開朗。

接下來的兩句：「老僧已死成新塔，壞壁無由見舊題。」乃是呼應蘇轍所寄之詩：「舊宿僧房壁共題」，由此憶起了前塵往事；而老僧的「死」，與「新塔」間形成強烈的對比，一端是生命的結束，另一端卻是「新」的開始。生命之前，有時間；生命之後，時間也不會改變；人類無法以任何感官捕捉時間，卻又清清楚楚的意識到時間的存在，在不停的時間裏，人歌、人哭就是一生。「僧死壁壞」，使人產生了世事變化莫測之感，而有不勝今昔聚散之悲，人世間，想要找尋

一點可愛的回憶，都已不能。「新塔」、「壞壁」表面上是寫空間景物，骨子裏卻全是撫今追昔的感觸；作者現在重過五年前舊遊的澠池，回想過去的悠悠歷程，人的聚散，世間的滄桑變化，在短短的二句中，達到了時空融合的效果。

「往日崎嶇還記否？路長人困蹇驢嘶。」這從對往昔歡聚的眷念，想起今日的兩地離異，不覺感歎人生飄忽無定。一句「還記否？」說出了彼此共度患難的心靈相契，及許多不足為外人道的共同經驗；在「路長人困」的旅程中，又蘊藏了多少至誠可貴的深厚情誼，一事一物都使人難以忘懷，盡在不言中。前幾句中「飛鴻」、「指爪」、「新塔」、「壞壁」均是訴諸於視覺意象，而最後一句的「蹇驢嘶」，從畫面外投射到聽覺裏來，使人切實地感覺到一個淒涼空曠的情境；而這一切，又似乎都為日後蘇軾在人生旅途上所遭受的暴風疾雨，坎坷難行，寫下了讖語。

所謂：「夫天地者，萬物之逆旅也；光陰者，百代之過客也。」（李白〈春夜宴諸從弟桃李園序〉），飄忽的時光本來就不會為任何人停留，終一生競逐，也只能見時光在前方逝去，只要順從自然的變遷，得到應有的歸止，又有何求？生命中所有的絢爛美麗，都有如過往雲煙，稍縱即逝，我們終究無法留住，春花再美，依然會花盡凋零，我們只有腳踏實地去做該做的事，才有意義；因此，人的一生中，重要的該是繼續在走的腳步，而不是留下來的腳印。

綜上所述，我們可以看出，此詩以敘述性的手法－「路長人困蹇驢嘶」，道出了過往與弟弟蘇轍共歷患難的經驗，而以「僧死壁壞」一般人認為普通、平常的事物，反映了現

實生活中的種種，更以「雪泥鴻爪」發人深省的詩句，說出了人生的哲理。這首詩雖然是寫在兄弟初別之時，但全詩中無一過激語，予人一種平淡、自然，娓娓訴說的祥和感；並以「泥」、「西」、「題」、「嘶」為韻腳和蘇轍原詩，顯示出蘇軾高人的才華。沈德潛《說詩晬語》言：「蘇子瞻胸有洪鑪，金銀鉛錫，皆歸鎔鑄。其筆力超曠，等於天馬脫羈，飛僊遊戲，窮極變幻，而適如意中所欲出。」其說甚是。蘇軾作這首詩時，雖還未真正經歷他生命中的大風大浪，但卻能妙悟人生的真諦。未來，是一個未知數；過去，卻又無從追憶，蘇軾以極高的智慧，寫下如此深刻的詩句，使他的寫作才華放射出萬丈光芒，飛鴻踏雪泥後，又凌空飛去的雄姿，正是蘇軾灑脫性格和曠達胸襟的最佳寫照。

司空圖《詩品》試析

壹、前言

　　司空圖字表聖，號知非子，晚號耐辱居士，祖籍臨淄（今山東省臨淄縣），自言泗州人（今安徽省泗縣），後寓居於河中虞鄉中條山王官谷（在山西省永濟縣）；生於唐文宗開成二年（西元八三七年），卒於梁太祖開平二年（西元九○八年），享年七十有二。綜觀司空圖的一生，自唐懿宗咸通十年（西元八六九年）進士及第後，歷經了晚唐政治鬥爭，動盪不安的混亂局勢，壯志難伸，遂使其思想由原本所秉持的積極用世之熱忱，轉而成為消極退隱之態度，日與名僧高士遊詠山林，論詩寫作，後至聞哀帝被弒，乃不食而卒。

　　司空圖之詩文集（舊題《一鳴集》），原為三十卷，現存文集十卷，詩集五卷傳世；另有《詩品》（亦稱《二十四詩品》）一書流傳，為世所重。從《詩品》的創作表現中，可知其深受老、莊哲學思想與佛道玄學思想的影響，並承繼了前人的研究成果，於梁‧劉勰《文心雕龍》、梁‧鍾嶸《詩品》和唐‧皎然《詩式》等之詩體風格的理論基礎上，別開生面，自成一格。故以下擬從《詩品》所呈現之形式技巧的特徵，風格意境的特色及美學思想的特質等方面，加以分析探討，期能窺知司空圖《詩品》的內涵意蘊。

貳、《詩品》的形式技巧

　　《詩品》二十四則，每則用兩字標題，而各以四言十二句之韻語體貌。蘇軾〈書黃子思詩集敘〉謂司空圖「蓋自列其詩之有得於文字之表者二十四韻，恨當時不識其妙。」清·尤侗《艮齋續說》亦言：「《詩品》二十四則深得詩家三昧。」司空圖根據現實生活中的各種物象加以概括，而使其具有一定的藝術感染力，因此《詩品》外在形式的技巧特徵，可分為三部分論述之：

一、形象比喻

　　司空圖〈與李生論詩書〉一文載：「蓋詩文所以足貴者，貴其善寫情狀。天地人物，各有情狀。以天時言，一時有一時之情狀；以地方言，一方有一方之情狀；以人事言，一事有一事之情狀；以物類言，一類有一類之情狀。」又無名氏〈司空表聖二十四詩品注釋敘〉曰：「其中各品詞語，俱各按其品極意形容，清詞麗句，絡繹不絕，實為描摹盡致，推闡無窮，是不啻以各二字為題，而以其語為詩也。」司空圖以生動的形象比喻方法，來提示二十四種詩品中各種不同的意趣形態，如〈形容〉一則：

　　　風雲變態，花草精神。海之波瀾，山之嶙峋。

　　此言千變萬化的風雲，美好靈秀的花草，波濤壯闊的大

海,以及峻峭參差的高山;而分別以「變態」、「精神」、「波瀾」、「嶙峋」等明確的形貌狀態,來比喻「風雲」、「花草」、「大海」、「高山」等不同的物象。楊廷芝〈詩品淺解跋〉云:「如形容不可分,而風雲花草山海就形言,變態精神波瀾嶙峋就容言,仍不分而分。」另外從《詩品》中,尚可整理歸納出,其他用以比方形容的具體物象,舉例言之:

(一)「竹」:以清雅之物喻幽境。

閱音修篁,美日載歸。(〈沖淡〉)
坐中佳士,左右修竹。(〈典雅〉)

(二)「金銀」:以貴重之物,喻練達超脫。

如礦出金,如鉛出銀。(〈洗鍊〉)
神存富貴,始輕黃金。(〈綺麗〉)

(三)「鶴」:以鶴鳥喻飄逸之姿。

飲之太和,獨鶴與飛。(〈沖淡〉)
猴山之鶴,華頂之雲。(〈飄逸〉)

(四)「鳳凰」、「六鼇」:以神靈之物喻豪放之氣勢。

前招三辰,後引鳳凰。(〈豪放〉)
曉策六鼇,濯足扶桑。(〈豪放〉)

司空圖以形象的比喻,將萬物的情態,作鮮明的描繪,句句著實,字字精細,使人如見其物,如臨其境,並以獨特

的觀照技巧，追求境界的提升，塑造出藝術的形象。

二、典型概括

　　典型概括是形象比喻的深化，楊廷芝〈詩品淺解自序〉載：「表聖指事類形，罕譬而喻，寄興無端，涉筆成趣。」個別形象的比喻，僅能形容個別事物的樣態，然要涉筆成趣，唯有跳脫出個別現象的局限性，擴大形象的範圍，建立物象的典型，方可「籠天地於形內，挫萬物於筆端」（陸機〈文賦〉）；而《詩品》中處處可見典型概括手法的運用，如：以綠杉、野屋、落日、獨步、海風、碧雲、月明等典型的物象來概括「沉著」的意境，又〈縝密〉一則提到：

　　　　猶春於綠，明月雪時。

　　「綠」之於「春」，「雪」之於「明月」，是以其共同的特色與形象，將聯想的意象做系統的整合。故司空圖有言：

　　　　具備萬物，橫絕太空。荒荒油雲，寥寥長風。超以象
　　　　外，得其環中。持之非強，來之無窮。（〈雄渾〉）
　　　　悠悠空塵，忽忽海漚。淺深聚散。萬取一收。（〈含蓄〉）

　　「具備萬物」是典型概括的基礎，「萬取一收」則是典型概括的手段，而典型概括最終的目的，即是要達到「超以象外，得其環中」；如：油雲、長風、空塵、海漚，流塞天地之間，萬象紛呈，須收萬於一，博觀約取，超出個別的、

偶然的事物之外,而掌握事物一般的、本質的特性,以達到窮形盡相的境界,成就典型化的準則。

三、求實返虛

司空圖〈與極浦談詩書〉一文言:「古人作詩,以真切為貴。」因而於《詩品》中有〈實境〉一則:

> 取語甚直,計思匪深。忽逢幽人,如見道心。清澗之曲,碧松之陰。一客荷樵,一客聽琴。情性所至,妙不自尋。遇之自天,泠然希音。

其中有清澗、碧松之實景,亦有荷樵、聽琴之實事,不矯情、不造作,真實而自然。楊振綱《詩品解》引《皋蘭課業本原解》云:「文如作人,雖典雅風華而肝膽必須剖露。若但事浮偽,誰其親之。故此中真際,有不俟遠求,不煩致飾,而躍然在前者,蓋實理、實心顯之為實境也。」然若僅以類型歸納之事物,作概括事實的描述,恐泥於板滯,或流於堆砌,因此司空圖又提出「課虛無以責有」之理念:

> 返虛入渾,積健為雄。(〈雄渾〉)
> 乘之愈往,識之愈真。如將不盡,與古為新。(〈纖穠〉)

古人有言:「詩家之景,如藍田日暖,良玉生煙,可望而不可置於眉睫之前也。」(司空圖〈與極浦談詩書〉引戴容州語),故《詩品》中所強調的寫作技巧,應是運用虛境

當中空靈、縹緲、蘊藉的特徵，使客觀實境能夠往古來今不滯於時，永久無盡終古常新，致虛中見實，實中求虛，造就出虛實相合的藝術形式。

參、《詩品》的風格意境

《詩品》二十四則，是將詩歌的風格意境，分為二十四種不同的品類，為闡述詩學理論重要的關鍵，所謂「詩不可以無品也」。然一種風格意境的形成，主要源之於作者心性的感發，以及人與環境的交相融合，而體現出真景物、真感情，使能夠入乎其內，出乎其外，表現出特有的格調和境界。所以《詩品》內在風格意境特色，可從以下幾方面討論之：

一、直致所得

楊廷芝〈二十四詩品大序〉曰：「詩以言志，亦以見品，則志立而品與俱立。」言志是內心情感的表露，是因內符外的作用，作者須將本身才性，蓄之於胸，方能直探本心，見其妙境，如司空圖言：

> 大用外腓，真體內充。（〈雄渾〉）

由「內充」至「外腓」的轉換過程，其要旨在於「真體」，因此直致所得，不僅是「以格自奇」，更要是真情實感，而

《詩品》則更進一步的指出了，在表現方面的特殊性：

> 惟性所宅，真取弗羈。(〈疏野〉)
> 俯拾即是，不取諸鄰。(〈自然〉)

孫聯奎《詩品臆說》云：「有真性故有真情，有真情故有真詩。」所以真性、真情，不可有絲毫矯飾，不可有任何羈絆，且是直抒胸臆，不假外求，為形成詩歌風格意境的根本基礎。

二、思與境偕

司空圖〈與王駕評詩書〉曰：「五言所得，長於思與境偕，乃詩家之所尚。」「思」，是指詩人主觀之感情思想；「境」，是指外在客觀之景物現象；而以「偕」執其兩端，使境成於思，思融於境，達到情景交融的妙境。《詩品》載：

> 大風捲水，林木為摧。適苦欲死，招憩不來。(〈悲慨〉)
> 花覆茆簷，疏雨相過。倒酒既盡，杖藜行歌。(〈曠達〉)

其一所呈現出的意境，是水被大風捲起，摧折了林木，寓寄了詩人痛不欲生的悲歡；另一意境，則是以花覆於茆簷之上，疏雨飄落的情景，來體現詩人吟嘯徐行、超曠達觀的灑脫。此即如同陸機〈文賦〉所言：「遵四時以歎逝，瞻萬物而思紛。悲落葉於勁秋，喜柔條於芳春。」說明了人之精神與物象可相互感通，聯類不窮，創作詩歌風格意境的基本

原則，即是「思」與「境」的高度融合。

三、不主一格

　　清‧紀昀《四庫全書總目提要》論《詩品》曰：「是書亦深解詩理，凡分二十四品，……所列諸體畢備，不主一格。王士禎但取其『采采流水，蓬蓬遠春』二語，又取其『不著一字，盡得風流』二語，以為詩家之極則，其實非圖意也。」從《詩品》當中，可知司空圖提倡詩歌風格意境的多樣性，有屬於氣勢開闊、奔放壯美的「雄渾」、「勁健」、「豪放」之品；有屬於纖細宛轉、隱約柔美的「纖穠」、「含蓄」、「委曲」之品；又有屬於曠放卓越、閒逸超脫的「超詣」、「飄逸」、「曠達」之品等。歷來學者，試將二十四種風格意境劃分歸類，然均不甚完備，故二十四種品類風格各具特色，不可強異為同，清‧趙執信《談龍錄》中說：「觀其所第二十四品，設格甚寬，後人得以各從其所近。」

　　劉勰《文心雕龍》〈體性〉篇曾將風格分為八體[1]，皎然《詩式》辨體有一十九字[2]，日本空海《文鏡秘府論》之「論體」有六種[3]，皆不若司空圖二十四種詩品[4]之細膩齊全。然

---

[1]　《文心雕龍》〈體性〉篇：「若總其歸途，則數窮八體：一曰典雅，二曰遠奧，三曰精約，四曰顯附，五曰繁縟，六曰壯麗，七曰新奇，八曰輕靡。」

[2]　《詩式》辨體一十九字：「高、逸、貞、忠、節、志、氣、情、思、德、誠、閒、達、悲、怨、意、力、靜、遠。」

[3]　《文鏡秘府論》〈論體〉：「較而言之：有博雅焉，有清典焉，有綺豔焉，有宏壯焉，有要約焉，有切至焉。」

從中很顯明的可體會出，由於人心之不同，必致使文體各異，詩人本身因先天才、氣的差異，以及後天學、習的差別，對意境就有不同的感悟，而不同的意境特色，就會形成不同的風格類別。所以雖然司空圖在創作的過程中，獨鍾情於「沖淡」、「自然」的風格意境，但其在鑒賞批評方面，所主張「不主一格」的立論，卻是值得重視的。

肆、《詩品》的美學思想

黃保真於〈司空圖美學理論芻議〉一文言：「《詩品》繼承了道家、玄學家的美學思想，深刻地論述了詩歌藝術之美的本質和本原。」然詩歌的特徵之一，即是在傳遞美感經驗，因此司空圖開拓了魏、晉六朝及隋、唐以來的審美理論，將其鎔鑄於自身的思維理念，探討詩歌創造過程中的藝術之美。故以下乃分為三個要點，來分析《詩品》在司空圖的思想範疇中，所表現出來與眾不同之審美特質。

一、「道」與「真」

司空圖的思想融合了儒、釋、道三家，在《詩品》中，以「道」反映出宇宙萬物的根源、法則，而以「真」為本性

4　二十四種詩品：「雄渾、沖淡、纖穠、沉著、高古、典雅、洗鍊、勁健、綺麗、自然、含蓄、豪放、精神、縝密、疏野、清奇、委曲、實境、悲慨、形容、超詣、飄逸、曠達、流動。」

之自然，萬物之主宰。《詩品》裡提及「道」與「真」者有多處，舉例如下：

> 道不自器，與之圓方。（〈委曲〉）
>
> 忽逢幽人，如見道心。（〈實境〉）
>
> 畸人乘真，手把芙蓉。（〈高古〉）
>
> 是有真宰，與之沉浮。（〈含蓄〉）
>
> 俱道適往，著手成春。如逢花開，如瞻歲新。真與不奪，強得易貧。（〈自然〉）
>
> 由道返氣，處得以狂。天風浪浪，海山蒼蒼。真力彌滿，萬象在旁。（〈豪放〉）
>
> 絕佇靈素，少迴清真。如覓水影，如寫陽春。風雲變態，花草精神。海之波瀾，山之嶙峋。俱似大道，妙契同塵。（〈形容〉）

《易‧繫辭上》：「一陰一陽之謂道。」韓康伯注：「道者，何無之稱也，無不通也，無不由也，況之曰道。」此道體涵蓋穹蒼，至大且廣；而真者，乃是心靈的凝聚，外化超然，所謂「自性明，則萬象必現也。」由此可知，「道」與「真」是美的本質，可互相聯繫，使情理相諧，創造美的規律；然亦唯有對「道」深刻的體會，及對「真」深切的領悟，才能發人深省，洞其哲理妙境，產生藝術美感的共鳴魅力。

二、「形」與「神」

楊廷芝〈詩品淺解凡例〉云：「《詩品》取神不取形，切

28

不可拘於字面。」又司空圖在〈與極浦談詩書〉一文中提到：
「象外之象，景外之景。」前一個「象」與「景」，是指事
物的表面景象；後一個「象」與「景」，則是經過詩人再創
造的藝術景象，而使其具有精氣神采。《詩品》中道出了個
中原理，如：

> 超以象外，得其環中。（〈雄渾〉）
> 脫有形似，握手已違。（〈沖淡〉）
> 意象欲出，造化已奇。（〈縝密〉）
> 離形得似，庶幾斯人。（〈形容〉）

　　描寫事物，必取其象，但徒具形似，則失其本質，故須
「離形得似」，此「似」即是事物景象之神髓，其在象之外，
在景之外，要不即不離，不脫不黏，更要能握得住、化得開，
才能見其神奇妙境。孫聯奎〈詩品臆說自序〉曰：「若司空
《詩品》，意主摹神取象。其取象明顯者，俯拾即是也。乃
或『妙機其微』『如不可執』，亦或『御風蓬葉』『握手已違』。
苟非『絕佇靈素』，亦要能『神出古異』『妙契同塵』哉！」
所以「形」與「神」在摹取離得之間的微妙感應，是創造「思
與境偕」內容風格之藝術美感的律則，亦是《詩品》「韻味
說」的先決要件。

三、「韻」與「味」

　　司空圖〈與李生論詩書〉載：「文之難而詩尤難。古今
之喻多矣，愚以為辨於味而後可以言詩也。……若醯，非不

29

酸也，止於酸而已；若鹺，非不鹹也，止於鹹而已。中華之人所以充飢而遽輟者，知其鹹酸之外，醇美者有所乏耳。……近而不浮，遠而不盡，然後可以言韻外之致耳。……足下之詩，時輩固有難色，倘復以全美為上，即知味外之旨矣。」這一段話，標舉出了兩個重要的審美概念，「韻」與「味」，而詩歌須有韻，方能靈動鏗鏘；須有味，才能鮮活曉暢。然司空圖所論，並不僅是止於「韻」，止於「味」而已，乃是在求其「韻外之致」、「味外之旨」，《詩品》中〈含蓄〉一則，將此論點作了最佳詮釋：

> 不著一字，盡得風流。語不涉己，若不堪憂。是有真宰，與之沉浮。

「不著一字」是不為語言意象所拘，而心之靈明情性，才是或沉或浮的主宰；亦即「近」而不致於俚俗粗率，「遠」而不致於敘述殆盡，雖「狀難寫之景，如在目前」（歐陽修《六一詩話》引梅堯臣語），但應「含不盡之意，見於言外」（同上），使人一唱三歎，餘味無窮。故由「醇美」的目標，達於「全美」的境界，是闡揚《詩品》審美理論的最高宗旨。

伍、結語

司空圖《詩品》是用「以詩論詩」的形式，探討詩學理論，後代許多評論詩文之作，爭相仿效，如：袁枚《續詩品》、

顧翰《補詩品》、魏謙升《二十四賦品》、郭麐《詞品》等，
開啟了「論詩詩」的寫作風氣。孫聯圭〈詩品臆說自序〉言：
「昔者司空表聖將以品詩，爰作《詩品》二十四首。其命意
也，月窟游心；其修詞也，冰甌滌字。得其意象，可與窺天
地，可與論古今；掇其詞華，可以潤枯腸，可以醫俗氣。圖
畫象象，靡所不該，人鑒文衡，罔有不具，豈第論時而已哉！
然所以論詩者，已莫備於斯矣。」可見《詩品》影響力之深
廣。「以詩論詩」是《詩品》在形式上的特色，但也正因為
詩的語言幽隱含蓄，致使在詩意的體會上，往往有不可解
處，更遑論能澈底參透其中的玄機妙境而明其詩理了。此外
又由於司空圖晚年退隱山林，使其詩歌缺乏了反映現實社會
生活的時代意義，因而《詩品》本身是有其局限的。然在另
一方面，司空圖所闡述的形式技巧、風格意境以及美學思
想，卻頗受矚目，王運熙《中國文學批評史》曰：「宋代嚴
羽在《滄浪詩話》中大力提倡興趣，提倡妙悟，正是司空圖
提倡韻味主張的一脈相承。到清代王士禎提倡神韻，更明確
地捧出司空圖、嚴羽的意見作為準則，並竭力推崇王維、孟
浩然等詩人的作品。從司空圖、嚴羽到王士禎，可以明顯地
看出一條繼承發展的線索。」故司空圖《詩品》在中國文學
理論批評史的發展上，具有舉足輕重之地位，其重要性是不
容忽視的。

【主要參考資料】

一、書籍

《二十四詩品》，唐・司空圖著，臺北：金楓出版公司，1987
　　年6月初版。

《司空圖新論》，王潤華著，臺北：東大圖書公司，1989年
　　11月初版。

《司空圖的詩歌理論》，祖保泉著，臺北：國文天地雜誌社，
　　1991年2月初版。

《從鍾嶸詩品到司空詩品》，蕭水順著，臺北：文史哲出版
　　社，1993年2月初版。

《中國文學批評史》（上、下冊），王運熙、顧易生主編，臺
　　北：五南圖書公司，1991年11月初版。

二、期刊論文

〈唐司空圖事蹟繫年〉，羅聯添撰，《大陸雜誌》第三十九卷
　　第十一期，1969年12月。

〈不著一字，盡得風流〉，周來詳撰，《古代文學理論研究》
　　第二輯，1980年7月。

〈「離形得似」與「萬取一收」〉，蔡厚示撰，《古代文學理論
　　研究》第二輯，1980年7月。

〈司空圖《詩品》是如何品詩的〉，胡明撰，《古代文學理論
　　研究》第五輯，1981年10月。

〈詩家之總匯，詩道之筌蹄〉，詹福瑞撰，《河北大學學報》，
　　1982年第3期。

〈司空圖美學理論芻議〉，黃保真撰，《文史知識》，1983 年第 2 期。

〈司空圖美學思想初探〉，王屏撰，《思想戰線》，1984 年第 6 期。

〈司空圖的意境性質論新探〉，李清撰，《雲南師範大學學報》，1985 年第 5 期。

詞

獨 笑 書 生 爭 底 事 ──

試 析 蘇 軾〈滿 江 紅〉詞：

「寄 鄂 州 朱 使 君 壽 昌」

　　北宋在熙寧、元豐間，北禦契丹，西禦西夏，不僅外患頻仍，內政問題更是嚴重，國力耗弱，財政積貧。神宗即位後，極欲變法圖強，便任用王安石為相，從熙寧三年（西元一〇七〇年），開始實行新法，這就是歷史上著名的「熙寧變法」。

　　然而新法推行之後，有頗多窒礙難行之處，但王安石自視過高，不顧各方的反對意見，斷然執行，並斥退詆毀新政的大臣，此舉引起了朝野激烈的反感，使本來原是純粹的政見不合，卻演變成後來爭奪權勢的新舊黨爭。[1]王安石曾公開指責過蘇軾是司馬光反對新政的幕後智囊人物，於是倒楣的蘇軾，禍從天降，就做了新舊政爭中的「代罪羔羊」，被指控寫了一些譏諷的文字而逮赴臺獄，欲置之死，這就是轟動一時的「烏臺詩案」。

　　然以李定、何正臣、舒亶等為主謀的這些臺諫官，他們

---

[1]　參考陳平著：《中華通史》（臺北：黎明文化事業公司，1987 年 10 月），第六冊，頁 10－12。

之所以要興起這場詩獄，目的乃是在於打擊保守派的潛在勢力，摧毀他們重登政壇的機會。蘇軾在獄中歷經了酷虐的勘問階段，為時四個月又十二天，最後所受的處分是：責授檢校尚書、水部員外郎充黃州團練副使，本州安置，不得簽書公事。令御史臺差人轉押前去。

蘇軾在未到黃州前，並不擔心黃州地處偏僻，生活困窘，而是憂慮那裏沒有朋友，所謂：「黃州豈云遠，但恐朋友缺。」幸而他有泛愛世人的性情，自言：「上可以陪玉皇大帝，下可以陪悲田院乞兒。」（高文虎《蓼花洲閒錄》），無賢不肖，都能歡然相處。所以蘇軾在元豐三年（西元一〇八〇年）二月初一日，到達黃州後，不久他就逐漸有了新交，有了重逢的故友。[2]

在士大夫中，蘇軾最敬愛的是那位刺血寫經，畢生尋母的大孝子朱壽昌；朱壽昌字康叔，揚州天長人，曾知鄂州（故治在今湖北省武昌縣），提舉崇禧觀，累官司農少卿，易朝議大夫，遷中散大夫，卒，年七十。其與母親不相聞五十年，於熙寧初，棄官尋母，最後於同州尋得[3]，蘇軾曾以詩賀之[4]，據翁方綱註其詩曰：「王介甫亦有〈送河中通判朱郎中迎母東歸〉詩，李雁湖註：蘇內翰子瞻詩云：『感君離合我酸辛，此事今無古或聞』，王荊公薦李定為臺官，定嘗不持母服，

2　以上參考李一冰著《蘇東坡新傳》上冊，及清·王文誥撰《蘇文忠公詩編註集成總案》。

3　參見《宋史·列傳》第二百一十五卷「孝義」。

4　《蘇軾詩集》卷八：〈朱壽昌郎中，少不知母所在，刺血寫經，求之五十年，去歲得之蜀中，以詩賀之〉詩。

臺諫給舍皆論其不孝，不可用。內翰因壽昌作詩貶定也。」李定自是挾恨蘇軾，其後來對蘇軾屢次的攻訐陷害，除了政治上的權力鬥爭外，可說是積怨甚深。

當蘇軾被貶黃州時，朱壽昌正在大江對面的武昌任鄂州太守，他對蘇軾時致饋遺，信使不絕，而東坡得住臨皋亭，就是多虧了壽昌的幫助[5]。東坡閒居無事，乘船到武昌去玩，經常做這位郡州太守的座上嘉賓。蘇軾在〈蔡延慶追服母喪〉一文中曾言：「予謫居於黃，而壽昌為鄂守，與予往還甚熟。」（《蘇軾文集》卷七十二），由此可見他們彼此間友好親密的關係。所以這闋〈滿江紅〉詞，應是在元豐五年間，蘇軾四十七歲左右，在黃州寓居臨皋亭時，寫給當時在鄂州任太守的朱壽昌。全詞是：

> 江漢西來，高樓下、蒲萄深碧。猶自帶、岷峨雪浪，錦江春色。君是南山遺愛守，我為劍外思歸客。對此間、風物豈無情，殷勤說。　　江表傳，君休讀；狂處士，真堪惜。空洲對鸚鵡，葦花蕭瑟。獨笑書生爭底事，曹公黃祖俱飄忽。願使君、還賦謫仙詩，追黃鶴。

當時蘇軾謫居所在的黃州（今湖北省黃岡縣），與鄂州

---

[5] 清·王文誥《蘇文忠公詩編註集成總案》卷二十載：「（元豐三年五月）二十九日遷居臨皋亭，亭在回車院中，作遷居詩。」詰案：「公與朱康叔書云：『已遷居江上臨皋亭，酌江水飲之，皆公恩庇之餘波。』似康叔為關白使者，非徐君猷一人力也。」（臺北：臺灣學生書局，1987年10月），頁801－802。

隔江相望，故此詞一開頭即言「江漢西來」，以長江、漢水澎湃起伏，及向西奔騰而來的洶湧氣勢，帶引出整闋詞，並使雄健豪放的風格貫注全篇。接著詞人將這雄偉壯闊、滔滔不絕的大江景色，鎖住在特定的一點 —「高樓下」，「高樓」是指黃鶴樓，在湖北省武昌縣西蛇山上；蛇山一名黃鶴山，黃鶴樓即建於其上，面臨長江，昔費文禕登仙，每乘黃鶴於此樓憩駕，故號為黃鶴樓。此不但點出了湖北武昌當地的名勝，也給予了讀者一種與眾不同的期待，果然其後言「蒲萄深碧」，以葡萄酒的新釀，來形容水色的深綠；這是化用李白〈襄陽歌〉：「遙看漢水鴨頭綠，恰似葡萄初醱醅」之詩句。當我們面對著此等的水勢、水色，不禁給人一種胸襟開闊之感，令人為之悠然神往。

蘇軾〈遊金山寺〉詩：「我家江水初發源，宦遊直送江入海。」（《蘇軾詩集》卷七），據清·王文誥註：「《家語》：孔子曰：『江始於岷山，其源可以濫觴。』」因此詞人經由江水想到了故鄉四川，他想這條江漢之水，必定帶來了四川岷山及峨嵋山上所融化的雪水，同時也帶來了四川錦江絢爛的春色。此將李白詩：「江帶峨眉雪」（〈經亂離後天恩流夜郎憶舊游書懷贈江夏韋太守良宰〉），及杜甫〈登高〉詩：「錦江春色來天地」，點化入詞，然其運用自然巧妙，而無斧鑿之跡。蘇軾在〈與范子豐八首〉之八，一文中有言：「臨皋亭不下數十步，便是大江，其半是峨眉雪水，吾飲食沐浴皆取焉，何必歸鄉哉！」（《蘇軾文集》卷五十），故由「猶自帶」三字，振起了作者的想像，使之心靈飛馳，而把視野空間拉回到了家鄉四川，因為這時蘇軾初貶黃州，在人生地不

40

熟的情況下，觸目所見，難免會勾起思鄉情緒。是以這兩句為後面的鋪敘，已事先預置了一條伏線。

接下來就由對景物的描寫轉而為對人事的抒懷，因此詞人乃說：「君是南山遺愛守，我為劍外思歸客」；「南山」一般注家均解作「終南山」，終南山在陝西省長安市（西安市）南，因為朱壽昌曾通判陝州，故常把陝西與陝州視為一地，但陝州乃是今河南省陝縣，兩地相距甚遠，應不是同一地方。另外尚有一說，是將「南山」視為「山南」的倒置[6]，但在歷代相關的版本中，並未發現有將「南山」作「山南」者，故此驟改古人原句，值得斟酌商榷。又據查《湖北省・武昌縣志》，在卷一中即有「南山」的記載：「南山，在縣南一百三十里，高可千仞，綿亙數千里，聳拔險峻，中有白石巖，巖中洞壑甚多，有飛雲洞，宋魯長春禱雨處，土人塑像祀之，又有貓兒埠、相公帽諸勝，邑人紀樹棠築有南谷草堂。」因此這裏應是以武昌境內的「南山」來指稱鄂州。

王文誥《蘇文忠公詩編註集成總案》卷二十一於元豐五年壬戌載：「王天麟渡江來謁，為言岳鄂間溺兒俗，告朱壽昌使立賞罰，以變此風。復與古耕道為育兒會，使安國寺僧繼蓮掌其籍，歲以為常焉。」蘇軾在〈與朱鄂州書〉中亦言：希望朱壽昌制定準律，故殺子孫，徒二年，且立賞召人告官，若實貧甚不能舉子者，薄有以賙之。自今以往，緣公而得活者，豈可勝計哉。《總案》並於其後附載：「題湖陰曲云：元

6　此種說法在傅庚生、傅光所編《百家唐宋詞新話》（成都：四川文藝出版社，1989 年 5 月），頁 175，有詳細的論述。

豐五年，承天院僧蘊湘，因劉君誼請於軾，而鄂州太守陳君瀚為致其書。」誥案：「此記乃朱壽昌非久罷去之證，而書有春寒之語，當為五年正月所作也。」由此推測，這闋詞應當寫於蘇軾〈與朱鄂州書〉之後，而在朱壽昌罷去鄂守之前，故約作於元豐五年間，蘇軾於其時或已知曉壽昌將罷鄂守，故有「遺愛守」之稱；同時蘇軾在此化用了《詩經》〈召南‧甘棠〉篇，「甘棠遺愛」的典故，他在〈遺愛亭記〉亦云：「去而人思之，此之謂遺愛。」（《蘇軾文集》卷十二），所以此言鄂州當地的百姓，對其改變溺兒之俗等仁愛政績，必會感念不忘的。

接著下一句的「劍外」，是劍門外也，即劍南，今四川省成都縣治，用以代稱四川。蘇軾在這裏說你朱使君在南山是一位仁政愛民，留有良好政績的太守；而我卻只是四川一個流放在外思歸的遊子，於此則有強烈的對比效果。蘇軾在仁宗嘉祐二年（西元一○五七年）考中進士，經過二十多個年頭的宦海浮沈，到如今不但一事無成，反而還獲罪被貶，當初想要致君堯舜的豪情壯志，在此兩相比對之下，不禁化為滿腔的抑鬱與憤懣；面對著此間的山川景物，以及人事的驟然變化，一切的一切，又那裏能夠無動於衷呢？因而至此凝聚出「殷勤說」三字，我只有向你這位好友傾吐心聲，才能藉以發洩胸中懷才不遇的悲憤啊！這裏緊扣題目「寄」字，且具有承上啟下的作用，既對上片觸景生情而積蓄於心中的不平之氣做了一個總結，同時也開啟了下片藉古抒懷的慨歎。

下半闋以「江表傳，君休讀；狂處士，真堪惜。」連續

四個三字句開端，說得簡短有力，意氣激昂。《江表傳》是晉朝虞溥所撰，記述三國時事，對吳國敘事尤詳；裴松之注《三國志》多加徵引，《隋書·經籍志》著錄二卷，但今已佚。蘇軾在此勸好友朱壽昌不要讀這些群雄角逐的史書，否則若與狂處士禰衡遭致相同的下場，那就令人惋惜了！一個「狂」字，道出了禰衡疏放直率的性格，我們可從《後漢書·文苑列傳》第七十下卷的記載中見出：禰衡因忠於漢室，不受折辱，大罵曹操，曹操不願承擔殺人之名，故意把他遣送給荊州刺史劉表，劉表又把他轉送到江夏太守黃祖的手下，最後終於被黃祖所殺。蘇軾由禰衡的遭遇想到了自身的處境，他反對新法，激怒了王安石，乃請求外放，遂通判杭州，徙知密州、徐州、湖州。後又以詩託諷種種不便民的措施，被御史李定、舒亶等人誣指訕謗朝廷，逮赴臺獄，獲罪幾死。因而他惜禰衡的直言被殺，更嘆自己的不為世所容，所以不得不發自肺腑的勸朋友休讀《江表傳》，同時也是對自己的告誡，情真意切，令人感動。

然其又想到當時東漢末江夏太守黃祖之長子黃射，曾在鸚鵡洲（長江沙洲名，在今湖北省漢陽縣長江中）大會賓客，時有人獻鸚鵡，射請禰衡作〈鸚鵡賦〉，衡攬筆而作，文無加點，辭采甚麗。但如今〈鸚鵡賦〉的作者已永埋黃土，當日鸚鵡洲的繁華盛事亦不復再見，只徒剩萋萋的芳草，與蕭瑟的葦花，獨自在風中飄搖。「空洲對鸚鵡」應為「空對鸚鵡洲」的倒裝，「空」營造了「蕭瑟」的情境，用昔人的淒涼襯托出詞人今日的孤寂。所以不禁要笑，我輩讀書之人所爭何事呢？一切的功名利祿，爭勝、爭雄都是不切實際的，

君不見「曹公」、「黃祖」雖曾叱咤風雲，但最後的命運終歸泯滅，在這裏我們可以體會出蘇軾的言外之意，他是指斥那些陷害他的小人李定、舒亶等，為爭奪政權，不擇手段，無所不用其極，然其最終的下場必如同「曹公」、「黃祖」般的飄忽而去。所以書生們何苦與此輩糾纏爭強呢？！應該要退一步，放開我們的心胸，追求真正的不朽。

因而最後說「願使君、還賦謫仙詩，追黃鶴。」此大筆一收，又拉回到題目「寄」字，並以「黃鶴」回應上片開端的「高樓」，使前後連貫，一氣呵成。「謫仙」乃是指唐朝詩人李白，據《唐才子傳》卷二載：「天寶初，（李白）自蜀至長安，以所為詩文投賀知章，賀讀至〈蜀道難〉歎曰：『子，謫仙人也。』乃解金龜換酒，終日相樂。」相傳一日李白登黃鶴樓，有「眼前有景道不得，崔顥題詩在上頭」之語；至金陵，乃作〈登金陵鳳凰臺〉詩以擬之。此是藉著李白的故事，來勉勵好友，擺脫世俗爭競之心，因為人生的永恆，在於留下能追比崔顥〈黃鶴樓〉的詩篇，李白在黃鶴樓雖無作而去，然我們又何嘗不能於黃鶴樓上也留下不朽之作呢？這是勉勵別人亦是自勉，更是蘇軾看透政治險惡的一種超脫。雖然東坡曾經說過：「平生文字為吾累」、「自笑平生為口忙」，文字曾給他惹上無窮的災禍，但也帶給他淋漓盡致的快感，據何薳《春渚紀聞》載：「蘇軾自言則寫文章是他生平一大樂事：『其平生無快意事，惟作文章，意之所到，則筆力曲折，無不盡意，自謂世間樂事，無踰此矣。』」所以往後東坡即使自知因語言文字之故而蹭蹬一生，受盡折磨，

但他仍視文學如生命。[7]這是東坡的執著，也就是東坡之所以為東坡了。

此詞上片景中寓情，環環相扣，而下片則經由對歷史的評論來直抒胸臆，且全詞以入聲為韻，寫來慷慨激切，而數次的換韻，更讓人感到聲情的曲折，使人之情緒隨著詞人的筆鋒而起伏變化。從詞中我們看到蘇軾由失意懷鄉，到鬱恨憤慨，最後掙脫了心靈的桎梏，追求永恆的超曠，從更大的空間俯仰人世今古的歷史長河，這是蘇軾的精神，也是全闋詞的菁華所在。

【主要參考資料】

《宋史》，元·脫脫等撰，臺北：鼎文書局，1983 年 11 月三版。

《中華通史》，第六冊，陳致平著，臺北：黎明文化事業公司，1987 年 10 月修訂一版。

《湖北省·武昌縣志》（一），臺北：成文出版社，1975 年 6月臺一版。

《蘇東坡新傳》，李一冰著，臺北：聯經出版事業公司，1986年 11 月第四版。

《東坡樂府箋》，龍榆生校箋，臺北：華正書局，1988 年 8月初版。

《蘇文忠公詩編註集成》，清·王文誥輯，臺北：臺灣學生

7　參考李一冰著：《蘇東坡新傳》（臺北：聯經出版事業公司，1986 年 11月），下冊，頁 581、頁 937。

書局，1987 年 10 月第三版。

《蘇軾詩集》，清‧馮應榴輯注，臺北：學海出版社，1985
年 9 月再版。

《蘇軾文集》，孔凡禮點校，北京：中華書局，1990 年 4 月
第二版。

《百家唐宋詞新話》，傅庚生、傅光編，成都：四川文藝出
版社，1989 年 5 月第一版。

敦煌節令詞析論

壹、前言

　　清德宗光緒二十五年間（西元一八九九年），在甘肅省敦煌縣東南方，鳴沙山下的一個石窟，發現唐人曲子寫本，歷來學者從蒐集、校錄到內容形式的分析等，對其進行有計畫的研究與考證。一九五〇年王重民首先出版《敦煌曲子詞集》，收詞凡一六一首；任二北於一九五四年撰《敦煌曲初探》，並於一九五五年編輯《敦煌曲校錄》，收錄曲辭五百四十五首，分為「普通雜曲」、「定格聯章」及「大曲」三類著錄之；而後任二北繼續搜求研究，終於一九八七年又完成《敦煌歌辭總編》七卷，錄詞一千三百餘首，範圍廣泛，較屬完備。

　　敦煌曲辭來自民間，非一人一時之作，故其內容呈現出多種不同的生活面貌，及豐富多采的思想活動，在王重民《敦煌曲子詞集・敘錄》中有言：「今茲所獲，有邊客遊子之呻吟，忠臣義士之壯語，隱君子之怡情悅志，少年學子之熱望與失望；以及佛子之讚頌，醫生之歌訣，莫不入調。」任二北則更進一步的將敦煌曲辭的內容分為：疾苦、怨思、別離、旅客、感慨、隱逸、愛情、伎情、閑情、志願、豪情、勇武、

頌揚、醫、道、佛、人生、勸學、勸孝、雜俎等二十類。然
除此之外，敦煌曲辭中尚有敘及時序風俗的作品，當可析
出，另歸一類；因此，以下擬將這類作品加以歸納分析，定
名為「敦煌節令詞」[1]。惟前輩學者對敦煌曲辭之校勘、辨
證所做的工夫，已蔚然可觀，後之學子，難有出其左右者，
故對敦煌節令詞的探究，將以任二北《敦煌曲校錄》及《敦
煌歌辭總編》所收錄之曲辭為本，而著重於民間風尚習俗的
論述，期能了解當時的社會民情，進而研討其內容特色，及
其形式技巧，以拓展敦煌曲辭之視野與研究層面。

貳、敦煌節令詞中所反映之風俗習尚

「節令」，是指節氣時令；在一年當中可分為四季、十
二個月、二十四節氣、七十二物候。故節令時序的變化，與
我們的日常生活密切相關；然隨著歷史的演進與時間的推
移，形成了特定的節日與風俗習慣，構成了一幅濃縮的社群
生活圖。茲將敦煌曲辭中所反映出的節令習俗，分述於後[2]：

---

[1] 因見潘重規有〈敦煌愛國詞〉一文（收錄於《敦煌詞話》，臺北：石門
圖書公司，1981 年 3 月，頁 54－57），王忠林著有〈敦煌歌辭中「征
婦怨」辭析論〉，其分別就敦煌曲辭中所呈現的不同主題，加以整理分
析，另又參酌諸家之論，故而引發興趣，乃將敦煌曲辭中敘及時序風
俗的作品歸類，定名為「敦煌節令詞」。

[2] 歷來節令習俗的流傳演變，體系龐雜；各地的奇風異俗，亦難盡括，
而專門探討節令風俗之著作，更是汗牛充棟。故此僅就敦煌曲辭中所

一、寒食

> 路逢寒食節，處處櫻花發。攜酒步金隄，望鄉關雙淚
> 垂。（〈菩薩蠻〉下片，伯三三三三）

　　梁‧宗懍《荊楚歲時記》載：「去冬節一百五日，即有
疾風甚雨，謂之寒食，禁火三日，造餳、大麥粥。」又隋朝
杜公瞻注曰：「歷合在清明前二日，亦有去冬至一百六日者。」
因此，「寒食節」又稱為「禁煙節」、「禁火節」，或稱為「百
五節」、「百六節」。寒食節在唐以前還有祭祖掃墓的習俗，《舊
唐書》〈憲宗本紀〉載：「元和元年三月戊辰，詔常參官，寒
食拜墓，在畿內聽假日往還，他州府奏取進止。」所以詞人
一句「望鄉關雙淚垂」，可知其觸景傷感的情懷；然至唐以
後，寒食與清明則漸合為一了。

二、清明

> 清明節近千山綠，輕盈士女腰如束。九陌正花芳，少
> 年騎馬郎。（〈菩薩蠻〉上片，伯三二五一）[3]

　　呈現出的時令習尚，加以論述，使切題意，並避繁瑣。

[3]　潘重規在〈敦煌詞不可輕改〉一文中言：「任氏《敦煌曲校錄》依據第
　　一首『清明節近』，改為第二首『朱明時節』作『清明時節』，造成了
　　很大的錯誤。因為櫻桃成熟，嫩筍成竹，紅日嫌長，都是夏日的景
　　色。……而且『朱明』本來就是指的夏天，《爾雅》〈釋天〉說：『夏為
　　朱明。』……所以這首詞寫的是夏景，朱明指的是夏日，把朱明改作
　　清明，那真是天大的錯誤！」（收錄於《敦煌詞話》，臺北：石門圖書
　　公司，1981 年 3 月，頁 36－37。）今依此說，故〈菩薩蠻〉（清明時

　　清明節除了具有掃墓祭祖，慎終追遠的意義外，人們更藉此出門踏青野宴，成為清明時節中特殊的民間活動。五代‧王仁裕《開元天寶遺事》載：「長安士女，清明日遊春野步，遇名花則設席藉草，以紅裙遞相插掛，以為宴幄。」在春光明媚之際，「輕盈士女」經過刻意的裝扮，男女出遊，因而一些動人的愛情故事乃於焉滋生。

三、端午

　　從敦煌曲辭中，可發現一特別而有趣的「鬥百草」之俗：

> 「佳麗重名城，簪花競鬥新。」
> 「喜去喜去覓草，色數莫令少。」
> 「喜去喜去覓草，覺走鬥花先。」……（〈鬥百草〉，
> 伯三二七一，斯六五三七）

　　《荊楚歲時記》有言：「五月五日，謂之浴蘭節。四民並蹋百草之戲，採艾以為人，懸門戶上，以禳毒氣。」又《開元天寶遺事》載：「長安士女，春時鬥花戴插，以奇花多者為勝。皆用千金市名花，植於庭苑中，以備春時之鬥也。」端午時值酷暑，百病滋生，人民多以蘭、艾、菖蒲等除害避毒，故鬥百草最初本有消災除禍之意，而後遂成以草為具，或對花草名稱，來賭鬥輸贏，多成為婦女、兒童的一種遊戲，因此端午之時民間鬥百草之風極為盛行。

節櫻桃熟）一詞，不列入「清明」項下。

四、七夕

> 「今晨連天暮，一心待織女。忽若今夜降凡間，乞取
> 一教言。」
> 「煩女綵樓伴，燒取玉爐煙。不知牽牛在那邊，望作
> 眼睛穿。」……（〈曲子喜秋天〉，斯一四九七）

《荊楚歲時記》載：「七月七日，為牽牛、織女聚會之夜。是夕，人家婦女結綵縷，穿七孔針，或以金銀鍮石為針，陳几筵酒脯瓜果於庭中以乞巧，有喜子網於瓜上，則以為符應。」民間婦女們於七月七日晚上，或搭綵樓於庭，向織女乞巧，因而七夕亦稱為「乞巧日」，並將蜘蛛置於盆中，以蛛網之疏密，來判言得巧的多寡。從詞作中可見神話傳說與民間習俗結合的特色，呈現出敦煌曲子詞特殊的風格。

五、四季

在宇宙無窮盡的時空中，將一年的時間以四季、十二個月來劃分，又因其節候的不同，每個月的風貌亦不一樣，此可從敦煌曲子詞中見出：

> 春：「正月孟春春猶寒」、「二月仲春春未熱」、「三月
> 季春春漸喧」
> 夏：「四月孟夏夏漸熱」、「五月仲夏夏盛熱」、「六月
> 季夏夏共同」
> 秋：「七月孟秋秋已涼」、「八月仲秋秋已闌」、「九月

　　　季秋秋欲末」

　　冬：「十月孟冬冬漸寒」、「十一月仲冬冬盛寒」、「十
　　　二月季冬冬極寒」（失調名：「十二月相思」，斯
　　　六二〇八）

　　《逸周書》〈周月〉載：「凡四時成歲，有春、夏、秋、
冬，各有孟、仲、季以名十有二月。」

　　「孟」，四季中第一個月叫孟，即農曆孟春正月、孟夏
四月、孟秋七月、孟冬十月。南朝宋・鮑照〈代堂上歌行〉：
「陽春孟春月，朝光散流霞。」唐・韓愈〈與大顛師書〉：「孟
夏漸熱，惟道體安和。」《北史》〈燕鳳傳〉：「每歲孟秋，馬
常大集，略為滿川。」〈古詩十九首・孟冬寒氣至〉：「孟冬
寒氣至，北風何慘慄。」

　　「仲」，指每季的第二個月，即農曆二、五、八、十一
月，因處每季之中，故稱。晉・陶淵明〈擬古〉詩之三：「仲
春遘時雨，始雷發東隅。」《尚書》〈堯典〉：「日永星火，以
正仲夏。」又曰：「宵中星虛，以殷仲秋。」宋・葉夢得〈懷
西山〉詩：「仲冬景氣肅，碧草猶萋萋。」

　　「季」，每季的最後一月，即農曆三、六、九、十二月。
《楚辭》〈九懷・尊嘉〉：「季春兮陽陽，列草兮成行。」唐・
韓愈〈賀雨表〉：「伏以季夏以來，雨澤不降。」魏・曹植〈愁
霖賦〉：「夫季秋之淫雨兮，既彌日而成霖。」宋・司馬光〈投
聖愈〉詩：「九衢季冬月，風沙正慘黷。」

　　由以上書籍和文人的記錄，可知四季節氣在唐以前即深
植民間，並已應用廣泛，做為天候時序的指標。

六、其他

在敦煌曲辭中，除上述配合時序之節令活動外，還有一般相沿成習的民間信仰與風俗，如「泛龍舟」、「拜新月」、「金釵卜」等，其雖與節令的變化並無直接相關，但為求能窺知民間活動之全貌，乃將其歸入其他項下加以分析探討：

（一）泛龍舟

> 白鶴雙飛出谿壑，無數江鷗水上遊。泛龍舟，遊江樂。
> （〈泛龍舟〉，伯三二七一，斯六五三七）

熱鬧的龍舟競渡，是端午節有趣的娛樂之一。《荊楚歲時記》載：「是日競渡採雜藥。」杜公瞻注曰：「五月五日競渡，俗為屈原投汨羅日，傷其死所，故並命舟檝以拯之。」明白指出了競渡之故，同時《隋書》亦載：「屈原以五月五日赴汨羅，士人習以相傳，為競渡之戲，舟楫齊弛，櫂歌亂響。」然任二北認為，此闋詞中所說的「泛龍舟」，並不是端午之俗，其於《敦煌歌辭總編》卷二言：「首應認清：辭之所詠，既非如端陽水嬉，或揚州懷古之類，僅述一時一地之情景者；乃旅人由北而南，就其所經，各舉涯略，以收入此調之七言八句耳。」[4]試看此詞首句「春風細雨露衣濕」，與端午仲夏時序有所不合，因此任氏所論或許可信；惟龍舟競渡不為端午獨有，於春月、元夕、重陽亦均有遊樂競渡，

---

[4] 任二北編著：《敦煌歌辭總編》（上海：上海古籍出版社，1987 年 12 月），上冊，頁 384。

泛湖遊賞之習，故陳之以明其情[5]。

（二）拜新月

> 上有穹蒼在，三光也合遙知。……乞求待見面。誓不
> 辜依。（〈拜新月〉，伯二八三八）
> 萬家向月下，祝告深深跪，願皇壽千千，歲登寶位。
> （〈拜新月〉，伯二八三八）

《禮記》卷第四十七〈祭義〉載：「郊之祭，大報天而
主日，配以月……祭日於壇，祭月於坎，以別幽明，以制上
下；祭日於東，祭月於西，以別外內，以端其位。」每年秋
分之夜，周天子在城西郊外舉行祭月活動，儀式十分隆重，
以示對月神的崇敬，並報答其對人間的恩賜，故自周代即有
拜月之俗[6]。然至唐代此俗則有不同的轉變，據高國藩《中
國民俗探微·拜新月風俗》中所言：「唐代民間拜新月的時
間，應當就是在七夕與八月十五日中秋之夜晚。從古典文

5　明·趙翼《陔餘叢考》卷二一載：「競渡不獨午日也。《新唐書·杜亞
　傳》……是春時亦競渡矣。……又《穆宗紀》，九月觀競渡於魚藻宮，
　則重九亦有競渡。文文山《指南集》有〈元夕〉一首云：『南海觀元夕，
　茲遊古未曾。人間大競渡，水上小燒燈』，則又元夕有競渡矣。」
　宋·吳自牧《夢粱錄》卷二「清明節」載：「宴於郊者，則就名園芳圃，
　奇花異木之處；宴於湖者，則綵舟畫舫，款款撐駕，隨處行樂。此日
　又有龍舟可觀，都人不論貧富，傾城而出，笙歌鼎沸，鼓吹喧天，雖
　東京金明池未必如此之佳。」

6　參見王景琳、徐匋主編：《中國民間信仰風俗辭典》「信仰風俗類：祭
　月」（北京：中國文聯出版公司，1992 年 12 月），頁 709。

獻可見，七夕拜新月之風俗當產生於中唐之時，至晚唐又與八月十五日中秋風俗，家庭團圓的日子相結合，轉變為八月十五日中秋之夜拜新月，這一轉變對後世有廣泛而深刻之影響。」[7]因此不僅拜月時間改變外，另由「乞求待見面」、「願皇壽千千」兩句，可見祝禱的內容與目的亦顯然有所差異。

（三）金釵卜

> 豈知紅臉，淚滴如珠，枉把金釵卜，卦卦皆虛，魂夢天涯無暫歇。（〈鳳歸雲〉，斯一四四一，伯二八三八）

此「金釵卜」恐是「金錢卜」之誤，因「釵」與「錢」字形相近，且用錢占卜，起源甚早，至唐代有擲金錢以測吉凶之占卜法；較常見者為將六枚錢幣置於竹筒，暗禱神明，然後搖動竹筒，再頃出錢幣，視其正反陰陽及排列次序以斷吉凶[8]，故詞中言「卦卦皆虛」。唐·于鵠〈江南曲〉道：「眾中不敢分明語，暗擲金錢卜遠人。」可見金錢可以為卜，而於相關資料中，卻未見有記載以「金釵」為卜之法，所以很可能是將「錢」字誤寫為「釵」；然歷來學者對《雲謠集》之校勘辨證，均未對此提出疑義，此大膽論述，僅供參酌。

7　高國藩著：《中國民俗探微》（南京：河南大學出版社，1989 年 2 月），頁 398－414。

8　參見王景琳、徐匋主編：《中國民間信仰風俗辭典》「巫卜禁忌類：金錢卜」，同注 6，頁 792。

參、敦煌節令詞之內容特色

敦煌曲辭出自民間，其敘述的範圍廣闊，主題豐富，反映出不同的生活層面，以及純樸率直的情感。然藉著節令物候的變化，人們感物興懷，展現了不同的風格意趣，故茲將敦煌節令詞之內容，分為以下三方面加以整理歸納，以探討其特色，明其大要。

一、景致的描繪

> 清明節近千山綠，輕盈士女腰如束。九陌正花芳，少年騎馬郎。　　羅衫香袖薄，伴醉拋鞭落。何用更回頭，謾添春夜愁。（〈菩薩蠻〉，伯三二五一）

由「千山綠」、「九陌正花芳」以及「羅衫香袖薄」等句的形容，可知清明之時氣候回暖，萬物復甦，景色宜人；而輕盈的士女，騎馬的少年，趁此出遊踏青，由偶然的相遇，萌生出似有若無的情愫，但何須強求，亦無須繼續，就讓它憑添春夜之愁吧！

上首曲辭，寫出了清明的天氣及踏青的活動；而另外的端午鬥草之俗，在大曲〈鬥百草〉中，則有生動的描述：

> 第一
> 建寺祈長生，花林摘浮郎。有情離合花，無風獨搖草。

喜去喜去覓草，色數莫令少。

第二

佳麗重名城，簪花競鬥新。不怕西山白，惟須東海平。

喜去喜去覓草，覺走鬥花先。

第三

望春希長樂，南樓對北華。但看結李草，何時憐頡花。

喜去喜去覓草，鬥罷且歸家。

第四

庭前一株花，芬芳獨自好。欲摘問旁人，兩兩相捻笑。

喜去喜去覓草，灼灼其花報。（〈鬥百草〉，伯三二七一，斯六五三七）[9]

　　一句「喜去喜去覓草」，寫出了人們努力尋求各種奇花異草的景況，終究的目的，則是希望「色數莫令少」、「灼灼其花報」，而於鬥罷後可歡喜歸家。這裡運用兩兩相對的花草名稱，如：「離合花」與「獨搖草」、「西山白」與「東海平」、「結李草」與「憐頡花」等，賦予了時序風俗靈動的生命力。

---

[9]　此詞抄錄係以《全唐五代詞彙編》（臺北：世界書局，1971 年 1 月），所收錄之《敦煌曲校錄》為依據；而黃永武有〈敦煌曲「鬥百草」試釋〉一文（收錄於《第二屆敦煌學國際研討會論文集》，漢學研究中心，1991 年 6 月），對〈鬥百草〉之字句、語詞有詳細的校勘與辨正，今參酌其說，解析詞意。

二、情感的抒發

　　人因生而有情，所以有捨不掉的牽絆，化不開的相思，更有著對愛情的期許，及對幸福的嚮往，如〈曲子喜秋天〉五闋詞：

> 每年七月七，此時壽夫日。在處敷陳結交伴，獻供數千般。　　今晨連天暮，一心待織女。忽若今夜降凡間，乞取一教言。
>
> 二更仰面碧霄天，參次眾星，月明遍周旋。　　算會甚北斗，漸覺更星流，日落西山覩星流，將謂是牽牛。
>
> 三更女伴近綵樓，頂禮不曾休。佛前燈暗更添油，禮拜再三候。　　煩女綵樓伴，燒取玉爐煙。不知牽牛在那邊，望作眼睛穿。
>
> 四更緩步出門廳，直是到街庭。今夜斗末見流星，奔逐向前迎。　　此時難將見，發卻千般願。無福之人莫怨天，皆是上因緣。
>
> 五更敷設了，取分總教收。五個姮娥結高樓，那件見牽牛。　　看看東方動，來把秦箏弄，黃丁撥鏡再梳頭，看看到來秋。（斯一四九七）

　　此詞描寫一女子在七夕之夜至綵樓，祭織女以乞巧，並將牛郎織女淒美的愛情神話，化為美麗的憧憬。然隨著夜色的深沉，其心境也隨之轉變，「望作眼睛穿」、「奔逐向前迎」，反映出她的期盼與失落，但最後她並沒有湮沒在此情緒當中，而能自我開解：「無福之人莫怨天，皆是上因緣」、「黃

丁撥鏡再梳頭，看看到來秋」，她不因自己的無福、無緣而自怨自艾，反而鼓勵自己重新振作，另一個「來秋」，也是另一個新的希望。

前面一首是待嫁小女兒的殷殷期待，後面一首失調名，主題為描寫「十二月相思」的曲辭，則表達出了征婦的哀淒愁怨與無盡的思念之情：

> 正月孟春春猶寒，狂夫□□□□□。無端嫁得長征婿，教妾尋常獨自眠。
>
> 二月仲春春未熱，自別□□實難挈。貞君一去已三秋，黃鳥窗邊啼新月。也也也也。
>
> 三月季春春漸喧，忽憶遼陽愁轉添。嘆妾思君腸欲斷，君□□□□□□。
>
> 四月孟夏夏漸熱，忽憶貞君無時節。妾今猶在舊日境，君何不憶妾心竭。也也也也。
>
> 五月仲夏夏盛熱，忽憶征人愁更切。一步一□□山東，忽見□□□□□。
>
> 六月季夏夏共同，妾亦情如對秋風。□□□□□□□□，□□□□□□□。
>
> 七月孟秋秋已涼，寒雁南飛數幾行。賤妾思君腸欲斷，□□□□□□□。
>
> 八月仲秋秋已闌，日日愁君行路難。妾願秋胡速相見，□□□□□□□。
>
> 九月季秋秋欲末，忽憶貞君無時節。□□錦被冷如冰，與□□□□□□。

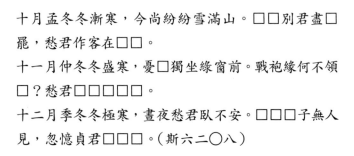

十月孟冬冬漸寒，今尚紛紛雪滿山。□□別君盡□
罷，愁君作客在□□。

十一月仲冬冬盛寒，憂□獨坐綠窗前。戰袍緣何不領
□？愁君□□□□□。

十二月季冬冬極寒，晝夜愁君臥不安。□□□子無人
見，忽憶貞君□□□。（斯六二○八）

此詞文字殘闕幾三分之一，但仍可窺知其意，每首開頭
均藉由節候抒發情懷，從正月至十二月，表達其無時不思念
的深切情意。首先她怨嘆自己嫁得「長征婿」，以致夜夜獨守
空閨，她的「斷腸」、「心竭」，在在都是因為「思夫君」、「憶
征人」所惹起，掛念的是夫君的安危，思念的是征人可否平
安歸，字字寫愁，句句含怨，把征婦的情真意切、悲哀無奈，
刻劃得淋漓盡致，並對戰爭的殘酷，提出了強烈的控訴。

三、思鄉的惆悵

自從涉遠為遊客，鄉關迢遞千山隔。求宦一無成，操
勞不暫停。　　路逢寒食節，處處櫻花發。攜酒步金
隄，望鄉關雙淚垂。（〈菩薩蠻〉，伯三三三三）

離鄉背景，跋涉遠途，成為他鄉異客，在漫漫的長路上，
必定充滿了孤寂與艱辛，所以此詞道出了離鄉者「操勞不暫
停」，汲汲努力的心聲；同時衣錦返鄉的壓力，在「求宦一
無成」的情境下，只有「雙淚垂」了，而滿腹思鄉的愁緒，
也在寒食節慎終追遠的氣氛中奔迸而出。

肆、敦煌節令詞之形式技巧

　　敦煌曲子詞出自民間，依其內容和曲調，可將詞的起源追溯至盛唐以前，所以其韻部、調名、格律等修辭技巧，有些尚未成為定式，因而複雜多變的現象，反為其所獨有。故以下茲以敦煌節令詞為範圍，來探討敦煌曲辭在形式格調上的特色。

一、字句口語

　　民間的作品，本不避俗字俗語，以講求通順流暢，朗朗上口為原則，而將內心的思想情緒，透過字句的表達，真切的反映出來。如〈鬥百草〉詞四個段落中均有「喜去喜去覓草」之句，「喜去喜去」應為歌謠中之和聲，但同時也讓人感受到覓草鬥新的欣喜與盎然的趣味。另外，失調名：「十二月相思」一詞，在二月、四月兩首末句有「也也也也」，據任二北《敦煌歌辭總編》卷五言：「『也也也也』乃和聲而記錄啼聲者，生活氣息極濃，文人作品中之所無。僅此一端，已是使此套之辭增價，為著錄敦煌曲者所不能廢。鄭氏（振鐸）《中國俗文學史》第十章敘明代民歌，曾曰：『又有〈時尚鬧五更哭皇天〉，其中每夾以『唔唔唔』，令我們讀之，如聞其幽怨之聲……。』斯此處『也也也』之真傳也，惜鄭氏不知。」可見敦煌節令詞富有濃厚的民間氣息。

二、多韻通押

詞創始於唐，然在唐代並沒有專為作詞用的韻書，而後代出現的詞韻，乃是參酌唐宋詞加以歸納概括而成。詞的用韻可以互相通轉，又可以四聲通協和借協方音，所以詞韻比詩韻寬，在敦煌節令詞中，就出現交互錯雜、多韻通押的情況。茲以清・戈載《詞林正韻》為據，來比較對照敦煌節令詞中的用韻情形：

（一）菩薩蠻

敦煌節令詞中兩闋〈菩薩蠻〉，析其用韻方式為：

首句	清 明 節 近 千 山 綠							
分段	上 片				下 片			
韻腳	綠	束	芳	郎	薄	落	頭	愁
韻部	第十五部 仄聲		第二部 平聲		第十六部 仄聲		第十二部 平聲	
韻式	A		B		C		D	

首句	自 從 涉 遠 為 遊 客							
分段	上 片				下 片			
韻腳	客	隔	成	停	節	發	隄	垂
韻部	第五部 仄聲		第十一部 平聲		第十八部 仄聲		第三部 平聲	
韻式	A		B		C		D	

〈菩薩蠻〉，前後段各四句，兩仄韻兩平韻，明顯見出不同韻部逐次轉換的情形，是為「轉韻」之例，已與目前詞調之格律相同。

（二）鬥百草

〈鬥百草〉一套四遍，每遍以五言五句為主，而插以六言句為和聲，析其用韻方式為：

第一

首句	建 寺 祈 長 生					
分段	上 片			下 片		
韻腳	生	郎	花	草	草	少
韻部	平聲 第十一部	平聲 第二部	平聲 第十部	仄聲 第八部		
韻式	A	B	C	D		

第二

首句	佳 麗 重 名 城					
分段	上 片			下 片		
韻腳	城	新	白	平	草	先
韻部	平聲 第十一部	平聲 第六部	入聲 第十七部	平聲 第十一部	仄聲 第八部	平聲 第七部
韻式	A	B	C	A	D	E

第三

首句	望春希長樂					
分段	上　片			下　片		
韻腳	樂	華	草	花	草	家
韻部	第九部仄聲	第十部平聲	第八部仄聲	第十部平聲	第八部仄聲	第十部平聲
韻式	A	B	C	B	C	B

第四

首句	庭前一株花					
分段	上　片			下　片		
韻腳	花	好	人	笑	草	報
韻部	第十部平聲	第八部仄聲	第六部平聲	第八部仄聲		
韻式	A	B	C	B		

　　因〈鬥百草〉今之詞譜並無定律，姑且以每句末字為韻析之，然轉韻、換韻間無規律可循，即如張夢機於《詞律探原》中所言：「此調曲辭雖簡，然失韻、待校之處甚多。」[10]

---

[10]　張夢機著：《詞律探原》（臺北：文史哲出版社，1981 年 11 月），頁 410 －411。

（三）喜秋天

〈喜秋天〉一調，主要以「五五」、「七五」句法，分為上、下兩片，共八句，此調僅見於敦煌曲辭中，他處未見，故亦以每句末字為韻析之：

首句	每 年 七 月 七				
分段	上 片			下 片	
韻腳	七	日	伴	般	暮	女	間	言
韻部	第十七部 入聲	第七部 仄聲	第七部 平聲	第四部 仄聲	第七部 平聲
韻式	A	B	C	D	C

首句	二 更 仰 面 碧 霄 天				
分段	上 片			下 片	
韻腳	天	星	旋	斗	流 流 牛
韻部	第七部 平聲	第十一部 平聲	第七部 平聲	第十二部 仄聲	第十二部 平聲
韻式	A	B	A	C	D

65

首句	三更女伴近綵樓			
分段	上　片		下　片	
韻腳	樓　休　油	候	伴	煙　邊　穿
韻部	第十二部 平聲	第十二部 仄聲	第七部 仄聲	第七部 平聲
韻式	A	B	C	D

首句	四更緩步出門廳		
分段	上　片		下　片
韻腳	廳　庭　星　迎	見　願	天　緣
韻部	第十一部 平聲	第七部 仄聲	第七部 平聲
韻式	A	B	C

首句	五更敷設了			
分段	上　片		下　片	
韻腳	了	收　樓　牛	動　弄	頭　秋
韻部	第八部 仄聲	第十二部 平聲	第一部 仄聲	第十二部 平聲
韻式	A	B	C	B

　　〈喜秋天〉用韻方式與〈鬥百草〉相似，均無定則、定法，可見當時創作歌辭，以口誦聲協即為合韻，不受後世之韻部、平仄等限制，押韻方式較為自由。這可說是早期民間詞的特色之一，而從中亦可窺知詞由民間歌詠至文人創作的演變過程。

三、聯章歌體

　　敦煌卷子裏以五更分時詠歎之辭體，一般稱之為「五更轉」，而敦煌節令詞中〈曲子喜秋天〉，藉七夕之夜「五更敷設」來歌詠詞意，應是以「五更轉」聯章之體，寄調於〈喜秋天〉，〈喜秋天〉於《教坊記》中列名，敦煌曲備辭，但他處未見。「五更轉」的特點，據周丕顯〈敦煌俗曲分時聯章歌體再議〉一文言：「『五更轉』歌調，是我國民族的、土產的東西，並非由西域外傳入。但敦煌所出『五更轉』的內容，以佛曲和由佛教教義申引出來的勸善歌為多。這大約是唐五代時候的佛家宣傳家們，認識到這種歌調在民間有深刻的影響，便利用這種歌調來以曲制詞，更好地宣傳他們的宗教吧！」[11]

　　另外在敦煌節令詞中，還有與「五更轉」相似，而以十二月分時唱詠的歌辭　　失調名：「十二月相思」。周丕顯在同文中認為：「用十二月分時來聯章歌唱，比『五更轉』、『十二時辰』歌調要早，《詩經》〈豳風‧七月〉就可以說是最早

---

[11]　周丕顯撰：〈敦煌俗曲分時聯章歌體再議〉，《敦煌學輯刊》創刊號（1983年），頁 14－22。

的一篇。……十二月聯章歌調這一形式,後來也逐漸為文人們所重視和利用,在內容和修辭方面,漸漸脫離民間俗曲的格調,走向文人辭的範圍。」

在敦煌節令詞中,還發現有屬於大曲形式的〈鬥百草〉詞,《教坊記箋訂》載:「唐大曲之普通形式,有『第一』『第二』……等字樣,分別標於各遍曲辭之前,以定其序。凡具此形式者,必為大曲。」[12]由此可見敦煌曲辭章法體裁的多樣繁複。

伍、結語

敦煌節令詞,除失調名外,共三調二十三首,反映出十六個不同的節序時令,及不一樣的生活形態。在內容方面,敘景寫情,題材廣泛;而口語化的字句,不受拘束的格律,更顯現出其自然質樸,活潑生動的風格。敦煌曲子詞不僅開創了詞的起源,對後代文人及詞壇的影響力,更是不容忽視,所以由敦煌節令詞的初步窺探,冀能喚起大家對敦煌民間文學的重視,愛惜我們珍貴的文化遺產,進而做更深入的討論與研究。

---

[12] 唐·崔令欽撰,任二北箋訂:《教坊記箋訂》(臺北:宏業書局,1973年元月),頁148。

【主要參考資料】

一、書籍

《叢書集成新編》第八十一冊:《開元天寶遺事》,五代・王仁裕撰,臺北:新文豐出版公司,1985 年元月版。

《古今圖書集成》— 歲功典,清・陳夢雷編,臺北:鼎文書局,1985 年 4 月再版。

《荊楚歲時記校注》,梁・宗懍撰,王毓榮校注,臺北:文津出版社,1988 年 8 月版。

《詞林正韻》,清・戈載撰,臺北:世界書局,1981 年 11 月三版。

《教坊記箋訂》,唐・崔令欽撰,任二北箋訂,臺北:宏業書局,1973 年 1 月版。

《全唐五代詞彙編》,楊家駱主編,臺北:世界書局,1971 年 1 月再版。

《敦煌歌辭總編》,任半塘(二北)編著,上海:上海古籍出版社,1987 年 12 月第一版。

《敦煌詞話》,潘重規著,臺北:石門圖書公司,1981 年 3 月初版。

《詞學考詮》,林玫儀著,臺北:聯經出版事業公司,1987 年 12 月初版。

《第二屆敦煌學國際研討會論文集》,漢學研究中心,1991 年 6 月版。

二、期刊論文

〈敦煌俗曲分時聯章歌體再議〉，周丕顯撰，《敦煌學輯刊》
　　第四期，1983 年。
〈敦煌歌辭中「征婦怨」辭析論〉，王忠林撰，《高雄師大學
　　報》第一期，1990 年 5 月。
《敦煌曲子詞析論》，成潤淑撰，私立中國文化大學中國文
　　學研究所碩士論文，1986 年 6 月。

〈虞美人〉詞調試析

壹、前言

　　每闋詞都有一個表示音律、節奏的調名，稱為「詞調」。然而詞調名目繁多，且每個詞調又各不相同，所謂「調有定句，句有定字，字有定聲。」因此欲明其大要，則須詳加探究。其中〈虞美人〉詞調，唐・崔令欽《教坊記》已著錄，敦煌曲子詞伯三九九四卷有此調二首[1]，而《全唐五代詞彙編》收錄二十二闋，《全宋詞》中則有三〇三闋[2]，總計〈虞美人〉詞共三二七闋。可見此調流傳廣泛，為文人雅士或民間詞人所喜用。

　　清聖祖敕撰《御製詞譜》（以下簡稱《詞譜》）中所錄〈虞美人〉詞調共七體，計有：李煜（風迴小院庭蕪綠）、張炎

---

[1] 任二北《敦煌曲校錄》載：「調名原作〈魚美人〉，據《教坊記》改。此卷書法雖佳，而辭內似是而非，有待校訂處卻不少！因叶韻不同，調有單體，茲分作兩首，而訂為聯章。」（收錄於《全唐五代詞彙編》，臺北：世界書局，1971 年 1 月，下冊，頁 32。）

[2] 據高喜田、寇琪編：《全宋詞作者詞調索引》所彙錄之〈虞美人〉調統計：《全宋詞》中，去除「存目詞」六闋，計有詞二九三闋；另《全宋詞補輯》，去其與《全宋詞》重出者一闋，計有詞十闋；共計三〇三闋。（北京：中華書局，1992 年 6 月），頁 150－155。

（修眉刷翠春痕聚）、馮延巳（玉鉤鸞柱調鸚鵡）等五十六字體；毛文錫（寶檀金縷鴛鴦枕）、晁補之（原桑飛盡霜空杳）、顧敻（觸簾風送景陽鐘）、顧敻（少年豔質勝瓊英）等五十八字體。

　　清·萬樹《詞律》收錄〈虞美人〉調，則有：蔣捷（絲絲楊柳絲絲雨），五十六字體；及閻選（粉融紅膩蓮房綻），五十八字體，共二體。

　　故今以《詞譜》、《詞律》所錄為基礎，並參酌《敦煌曲校錄》、《全唐五代詞彙編》及《全宋詞》，就〈虞美人〉詞調加以分析，探討其調名的由來，及其在體製、句法、平仄、用韻等方面的特性，期能對詞調之性質與作用，有更進一步的認識。

貳、〈虞美人〉調名之闡釋

　　〈虞美人〉，一名〈虞美人令〉，又名〈玉壺冰〉、〈憶柳曲〉、〈一江春水〉。據《詞譜》記載：「《樂府雅詞》名〈虞美人令〉；周紫芝詞有『只恐怕寒難近玉壺冰』句，名〈玉壺冰〉；張炎詞賦柳兒，因名〈憶柳曲〉；王行詞取李煜『恰似一江春水向東流』句，名〈一江春水〉。」

　　至於〈虞美人〉之得名，或認為是源於一種特殊之植物—「舞草」。唐·段成式《酉陽雜俎》卷十九云：「舞草出雅州，獨莖三葉，葉如決明，一葉在莖端，兩葉居莖之半，相對，人或近之歌，及抵掌謳曲，必動，葉如舞也。」又宋·

張洎《賈氏譚錄》云：「褒斜山谷中，有虞美人草，狀如雞冠，大而無花葉相對，行路人見者，或唱〈虞美人〉，則兩葉漸搖動如人撫掌之狀，頗應節也，或唱他辭，即寂然不動也，賈君親見之。」宋‧宋祁《益部方物略記》亦云：「蜀中傳虞美人草，予以虞作娛意，其草柔纖，為歌氣所動，故其葉至小者，或動搖，美人以為娛樂耳。」

另有認為〈虞美人〉是由項羽與虞姬訣別之歌而得名。清‧毛先舒《填詞名解》卷一言：「項羽有美人名虞，被漢圍，飲帳中，歌曰：『虞兮！虞兮！奈若何。』虞亦答歌，詞名取此。」

然在宋‧范鎮《東齋記事》卷四中則有不同的看法，其云：「虞美人草唱他曲亦動，此傳者過爾。」而宋‧王灼之《碧雞漫志》則強調：「〈虞美人〉，《脞說》稱起于項籍虞兮之歌。予謂後世以此命名可也，曲起于當時，非也。」（卷四）。關於〈虞美人〉曲調之所屬，以任二北《教坊記箋訂》中的論述，較為正確可信，其曰：「始為古琴曲。《樂府詩集》五八：『按《琴集》有〈力拔山操〉，項羽所作也。近世又有〈虞美人〉曲，亦出於此。』謂亦出於《琴集》。南唐‧張洎《賈氏談錄》[3]，謂褒斜谷中，有虞美人草。行人或唱此

---

[3] 據昌彼得撰：「洎字思黯，改字偕仁，全椒人，初仕南唐，為知制誥中書舍人，入宋為史館修撰翰林學士，淳化中官至參知政事，事蹟具《宋史本傳》，是書乃其為李煜使宋時，聞於宋典客左補闕賈黃中所述而錄之，故曰《賈氏談錄》。」（《叢書集成新編》第八十六冊 —《賈氏譚錄》「附錄」。）故有人視張洎為宋人，或南唐人。《教坊記箋訂》（臺北：宏業書局，1973年元月）中作「南唐‧張洎《賈氏談錄》」，「賈」

曲，則葉動，頗應節。語雖不經，足證其曲在民間頗流行。」
由此可知，〈虞美人〉應為一流行於民間的古琴曲。

參、〈虞美人〉體製之轉變

〈虞美人〉在敦煌曲子詞中，因叶韻不同，分作兩首，
而為單調，其餘諸詞均為雙調，然據《詞譜》所分，又有五
十六字與五十八字之別，但亦有例外之情形。因此〈虞美人〉
之體製，可歸納為以下幾類：

一、單調——三、五、七言五句，共兩首，如：

> 東風吹綻海棠開，香麝滿樓臺。香和紅艷一堆堆，又
> 被美人和枝折。墜金釵。（伯三九九四）

二、雙調

（一）五十六字——五、七、九言八句，共二九五闋，
如：

> 風迴小院庭蕪綠，柳眼春相續。凭闌半日獨無言，依舊
> 竹聲新月、似當年。　笙歌未散尊罍在，池面冰初解。
> 燭明香暗畫闌深，滿鬢清霜殘雪、思難禁。（李煜）

字應是「罍」字之誤，故改之。

（二）五十八字——三、五、七言十句，共二十九闋，如：

> 寶檀金縷鴛鴦枕，綬帶盤宮錦。夕陽低映小窗明，南
> 園綠樹語鶯鶯。夢難成。　　玉鑪香煖頻添注，滿地
> 飄輕絮。珠簾不卷度沈煙，庭前閒立畫秋千。豔陽天。
> （毛文錫）

（三）五十四字——四、五、七言十句，一闋。

除前項五十六、五十八字體外，還有一特殊體製，是在
所有〈虞美人〉詞調中僅見的，此為宋・徐似道〈虞美人〉
詞：

> 風緊浪淘生，蛟吼黿鳴，家人睡著怕人驚。只有一翁
> 捫蝨坐，依約三更。　　雪又打殘燈，欲暗還明，有
> 誰知我此時情。獨對梅花傾一盞，還又詩成。

以上五十六字〈虞美人〉詞調，為雙調八句，上、下片
各四句，可說是承襲詩體，兩兩相稱之偶數句形式。另五十
八字〈虞美人〉詞調，為雙調十句，上、下片各五句，以二
句、二句、一句分段；五十四字〈虞美人〉詞調，亦為雙調
十句，上、下片各五句，而以三句、二句分段；至於敦煌曲
子詞中單調〈虞美人〉，其為五句，以二句、二句、一句分
段，均屬以奇數與偶數句段落相間而組成偶數句篇章之詞
調。茲列表如下，以明其異：

篇章形式	調式	字數	範　例	句式段落
以偶數句形式 組成篇章之體製	雙調	五十六字	李煜（風迴小院庭蕪綠）等二九五闋	上片：四句（二、二） 下片：四句（二、二）
以奇數與偶數句段落相間 組成偶數句篇章之體製	雙調	五十八字	毛文錫（寶檀金縷鴛鴦枕）等二十九闋	上片：五句（二、二、一） 下片：五句（二、二、一）
	雙調	五十四字	徐似道（風緊浪淘生）一闋	上片：五句（三、二） 下片：五句（三、二）
	單調	二十九字	敦煌曲子詞（東風吹綻海棠開）等二首	五句（二、二、一）

　　《詞譜》記載：「此調以李詞、毛詞為正體，而宋、元詞依李體填者尤多，若顧詞二體，則惟唐人有之，皆變格也。」根據統計，《全唐五代詞彙編》之〈虞美人〉詞調二十二闋中，五十六字八句有二闋，而五十八字十句則有二十闋。然至宋詞出現變化，在《全宋詞》中〈虞美人〉詞調三〇三闋，五十六字八句有二九三闋之多，而五十八字十句僅有九闋。

又考敦煌曲子詞〈虞美人〉之句式段落,則與五十八字十句之〈虞美人〉詞調近似,故其改變之跡甚明,並與《詞譜》所言相符,由此可知〈虞美人〉體製的轉變情形。

肆、〈虞美人〉句法之分析

《詞譜》所錄〈虞美人〉詞調七闋中,可分為五十六字與五十八字兩種主要的體製,茲分析其句式結構及句型特色,並考量例外之情形,綜合歸納,以見其在句法上不同之處:

一、折腰句法

所謂「折腰句」,據王偉勇在〈以唐、五代小令為例試述詞律之形成〉一文中言:「係指一命意完整之句子,採先『讀』後『句』之方式造句,但上下須一氣呵成,蟬聯不斷。」[4]在五十六字〈虞美人〉詞調中,上、下片末句為九字句,因而出現許多不同的「折腰」形式:

---

[4] 「折腰」之另一意義,係指一般五、七言等句式之組合。如五言以「上二下三」為定式,稱為二、三折腰;七言以「上四下三」為定式,稱為四、三折腰。固不必如詞律標明先「讀」後「句」也。

（一）上、下片末句均為「六、三折腰」，如：

李煜詞——上片末句：「依舊竹聲新月、似當年」。
　　　　　下片末句：「滿鬢清霜殘雪、思難禁」。
張炎詞——上片末句：「也學落花流水、到天涯」。
　　　　　下片末句：「不識相思一點、在誰家」。

（二）上、下片末句均為「四、五折腰」，如：

王之道詞——上片末句：「一斗百篇、吟到小池蓮」。
　　　　　　下片末句：「且把綠羅、爭學畫長眉」。
王千秋詞——上片末句：「一詠一觴、常是得追隨」。
　　　　　　下片末句：「過盡中秋、不見晚歸來」。

（三）上片末句為「四、五折腰」，下片末句為「六、三折腰」，如：

趙長卿詞——上片末句：「似向東君、喜見故人來」。
　　　　　　下片末句：「向晚一鉤新月、落花風」。
劉辰翁詞——上片末句：「紅到壽陽、也不說淮陽」。
　　　　　　下片末句：「怎不當時道是、洛陽紅」。

（四）上片末句為「六、三折腰」，下片末句為「四、五折腰」，如：

呂勝己詞——上片末句：「坐久冰肌玉骨、起微涼」。
　　　　　　下片末句：「風露冷冷、直欲便驂鸞」。
劉天迪詞——上片末句：「到得而今不去、待何年」。
　　　　　　下片末句：「謝了薔薇、又見楝花飛」。

二、攤破

五十八字〈虞美人〉詞調，上、下片結尾處為七字一句，三字一句，較五十六字〈虞美人〉詞調上、下片末句（九字一句），多一字，多押一韻。此為增添字數，破一句為兩句之「攤破」句法，例如：

李煜詞——上片末句：「依舊竹聲新月、似當年」。

毛文錫詞——上片結尾：「南園綠樹語鶯鶯。夢難成」。

李煜所作，末句為九字一句；而毛文錫之作，則以七言、三言兩句為結，其增加一字，並破為兩句，是攤破之例而成定格也。下片情形相同，茲不贅言。

三、減字、添字

徐似道〈虞美人〉詞，未見於《詞譜》或《詞律》，是僅有之特例，但仍加以討論分析，以供參考；全詞十句，將之與五十八字十句之〈虞美人〉詞調相較：

毛文錫詞，句組為「75773」，上、下片相同。

徐似道詞，句組為「54774」，上、下片相同。

徐以道詞，首二句為減字：第一句減二字，第二句減一字；末句則添一字，其上片末句為「依約三更」，下片末句為「還又詩成」，視其平仄，則所添之字，上、下片應各為「依」、「還」二字。

伍、〈虞美人〉平仄之特點

　　詞之平仄格律，不似近體詩有規則定式可尋，必須審音用字，按譜填詞；而《詞譜》及《詞律》中所收錄之〈虞美人〉詞調九體，按照律譜的要求，其平仄格律，上、下片的形式大體相同，但仍有一些相異的現象，茲將其特性，綜合歸納為以下兩點敘述之：

一、失對失黏

　　五十六字八句之〈虞美人〉詞調，分析其字句平仄的變化，逐句均採「對」之方式，李煜、張炎、馮延巳、蔣捷之詞等皆是，其格律為：

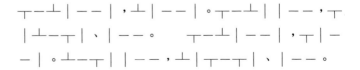

　　以近體詩，句與句間之對黏關係來論，此現象為「拗」，謂之「失黏」。

　　另外五十八字十句之〈虞美人〉詞調，其平仄規矩也很明顯的失去「對」、「黏」的關係，毛文錫、晁補之、顧夐、閻選之詞情形均相同，其格律為：

　　所以〈虞美人〉詞調之平仄格律，以詩律衡量，誠然「失對」、「失黏」，但詞律卻以詩之「拗」體為定式，以見其特色也。

二、孤平孤仄

　　〈虞美人〉詞調多五、七言，而句式平仄的規律大部分與近體詩之格律相符，可是有些句法與詩律有不同之處，成為所謂的「拗句」，如句中出現的「孤平」現象。

　　1.「那時錯認章臺去」（張炎詞，下闋首句）。
　　　　｜－｜｜－－｜

　　2.「一般別語重千金」（晁補之詞，下闋第三句）。
　　　　｜－｜｜｜－－

　　3.「翠勻粉黛好儀容」（顧敻詞之一，上闋第四句）。
　　　　｜－｜｜｜－－

　　4.「露清枕簟藕花香」（顧敻詞之一，下闋第四句）。
　　　　｜－｜｜｜－－

　　5.「少年豔質勝瓊英」（顧敻詞之二，上闋首句）。
　　　　｜－｜｜｜－－

　　6.「此時恨不駕鸞凰」（顧敻詞之二，下闋第四句）。
　　　　｜－｜｜｜－－

犯「孤平」的情形，均出現在七言句中的第二個字，其中1、3、5項，第一字宜平而作仄；2、4、6項，第三字亦宜平而作仄，於是形成拗句。

然在〈虞美人〉詞調中，除了「孤平」外，同時還發現了「孤仄」的句型：

1.「池面冰初解」（李煜詞，下闋第二句）。
－｜－－｜

2.「玉鉤鸞柱調鸚鵡」（馮延巳詞，上闋首句）。
｜－－｜－－｜

3.「寶檀金縷鴛鴦枕」（毛文錫詞，上闋首句）。
｜－－｜－－｜

4.「原桑飛盡霜空杳」（晁補之詞，上闋首句）。
－－－｜－－｜

5.「霜夜愁難曉」（晁補之詞，上闋第二句）。
－｜－－｜

6.「絲絲楊柳絲絲雨」（蔣捷詞，上闋首句）。
－－－｜－－｜

7.「春在冥濛處」（蔣捷詞，上闋第二句）。
－｜－－｜

8.「纔卷珠簾卻又、晚風寒」（蔣捷詞，下闋末句）。
－｜－－｜｜　｜－－

82

9.「粉融紅膩蓮房綻」（閤選詞，上闋首句）。

$$| \; - - \; | \; - - \; |$$

10.「偷期銀漢荷深處」（閤選詞，下闋首句）。

$$| \; - - \; | \; - - \; |$$

11.「一夢雲兼雨」（閤選詞，下闋第二句）。

$$- \; | \; - - \; |$$

　　犯「孤仄」的情形，出現在七言句中的第四個字，及五言、九言（六、三言）句中的第二個字。其中第 2、6 項，第三字宜仄而作平；第 1、5、7、8、11 項，第一字亦宜仄而作平，遂出現「孤仄」的情形；另外第 3、4、9、10 項，就其格律視之，第三字宜用平聲，但亦可作仄聲，然若作平聲，而第五字又固定用平聲，則形成拗體矣。

陸、〈虞美人〉用韻之方式

　　〈虞美人〉詞調，通首句句用韻，而其押韻的方式多所不同，《詞譜》即因此採入以備一體，故今就《詞譜》及《詞律》所收，分析〈虞美人〉詞調之用韻方式：

一、轉韻

李煜詞，前後段各四句，兩仄韻兩平韻：

詞人								
	李　　煜							
分段	上　　片				下　　片			
韻腳	綠	續	言	年	在	解	深	禁
韻　　部	第十五部	入聲	第七部	平聲	第五部	仄聲	第十三部	平聲
韻式	A		B		C		D	

毛文錫詞，前後段各五句，兩仄韻三平韻：

詞人									
	毛　文　錫								
分段	上　　片					下　　片			
韻腳	枕	錦	明	鶯	成	注	絮	煙	千	天
韻　　部	第十三部	仄聲	第十一部	平聲		第四部	仄聲	第七部	平聲	
韻式	A		B			C		D		

顧夐詞之一，前後段各五句，五平韻，下闋換韻：

詞人	顧　　夐									
分段	上　　　片					下　　　片				
韻腳	鐘	重	濃	容	慵	妝	光	塘	香	揚
韻部	第一部　平聲					第二部　平聲				
韻式	A					B				

顧夐詞之二，前段五句，五平韻；後段五句，兩仄韻三平韻：

詞人	顧　　夐									
分段	上　　　片					下　　　片				
韻腳	英	清	橫	輕	成	裊	小	香	凰	郎
韻部	第十一部　平聲					第八部　仄聲		第二部　平聲		
韻式	A					B		C		

蔣捷詞，前後段各四句，兩仄韻兩平韻：

詞人	蔣 捷							
分段	上 片				下 片			
韻腳	雨	處	愁	舟	遠	遣	干	寒
韻 部	第四部	仄聲	第十二部	平聲	第七部	仄聲	第七部	平聲
韻式	A		B		C		D	

閣選詞，前後段各五句，兩仄韻三平韻：

詞人	閣 選									
分段	上 片					下 片				
韻腳	綻	慢	橫	輕	婷	處	雨	香	長	量
韻 部	第七部	仄聲	第十一部	平聲		第四部	仄聲	第二部	平聲	
韻式	A		B			C		D		

　　從以上六闋詞中，很明顯的可以看出，不同韻部逐次轉換的情形，而且沒有回復之現象，只有韻腳多寡之區別，故此為「轉韻」之例。

　　此外，《詞譜》中馮延巳〈虞美人〉（玉鉤鸞柱調鸚鵡）詞，用韻之情形，與前六闋略有不同；馮延巳詞，前後段各四句，兩仄韻兩平韻：

詞人	馮　延　巳						
分段	上　　片				下　　片		
韻腳	鶒	語	空	風	去	舞	彎	干
韻部	第四部 仄聲		第一部 平聲		第四部 仄聲		第七部 平聲	
韻式	A		B		A		C	

　　此詞用韻於上、下兩片，雖仄聲韻部相同，但平聲韻部不同，亦屬於「轉韻」之情形。

二、遞韻

　　張炎詞，前後段各四句，兩仄韻兩平韻：

詞人	張　　炎						
分段	上　　片				下　　片		
韻腳	聚	處	華	涯	去	路	花	家
韻部	第四部 仄聲		第十部 平聲		第四部 仄聲		第十部 平聲	
韻式	A		B		A		B	

晁補之詞，前後段各五句，兩仄韻三平韻：

詞人	晁　補　之									
分段	上　片					下　片				
韻腳	杏	曉	昏[5]	深	心	少	老	金	林	今
韻部	第八部	仄聲	第十三部	平聲		第八部	仄聲	第十三部	平聲	
韻式	A		B			A		B		

由以上二詞，可以看到〈虞美人〉詞調，在兩韻部中，平聲、仄聲交替協韻的變化。

5　晁補之〈虞美人〉（原桑飛盡霜空杳）一詞，《詞譜》中載：「此與毛詞同，惟前後段不換韻異。」（臺北：閭汝賢據殿印本縮印，1976 年元月，卷十二，頁 3。）毛文錫之詞，押韻屬於「轉韻」形式，逐次轉換；而晁詞既與毛詞不同，前後段不換韻，即表示後段之韻部，應與前段相同。但檢視清・戈載《詞林正韻》，發現上片第三句之韻腳「昏」字，為第六部平聲韻，與上片韻腳「深」、「心」二字，及下片韻腳「金」、「林」、「今」三字，為第十三部平聲韻不同，似有出韻之情形；又查《全唐五代詞彙編》，及《全宋詞》之〈虞美人〉詞調，並未發現類似之押韻現象。然在《詞譜》中則舉了杜安世〈虞美人〉（江亭春晚芳菲盡）為證：「前段『盡』、『近』、『情』、『行』、『清』五韻，後段『舜』、『峻』、『人』、『淪』、『巾』五韻，俱不換韻，正與此同。」這是《詞譜》誤認，其實「盡、近、舜、峻」四字為第六部仄聲韻；「情、行、清」三字為第十一部平聲韻；「人、淪、巾」三字為第六部平聲韻，應為「轉韻」形式，與晁補之詞押韻方式不同，不可據以類比也。以上之情況，可能皆是音近而誤，但在未能獲得確切證實與解決之道以前，暫依《詞譜》所論，將晁補之詞歸類為「遞韻」項下。

三、間韻

徐似道〈虞美人〉詞,《詞譜》及《詞律》中,雖未錄此體,然按〈虞美人〉調,通首句句用韻之原則分析,其前後段各五句,為四平韻一仄韻:

詞人	徐 似 道					
分段	上 片			下 片		
韻腳	生 鳴 驚	坐	更	燈 明 情	盞	成
韻部	第十一部 平聲	第九部 仄聲	第十一部 平聲	第十一部 平聲	第七部 仄聲	第十一部 平聲
韻式	A	B	A	A	C	A

此詞以第十一部平聲韻為主,而於上、下片第四句各夾以「坐」第九部仄聲韻,及「盞」第七部仄聲韻,應屬於「間韻」之形式。

柒、結語

根據以上的整理分析,茲將〈虞美人〉詞調之特質,作一總結說明:

一、在體製方面

〈虞美人〉詞調在《詞譜》與《詞律》中所收錄的,以雙調五十六字八句,或五十八字十句為主;但在敦煌曲子詞中出現單調,在宋詞中則有徐似道五十四字體的例外情形,然其僅有一、二例,未成定式,故在《詞譜》、《詞律》中並未著錄。

二、在句法方面

〈虞美人〉詞調因為有五十六字與五十八字的分別,以及其他例外的體製,故其句法有折腰、攤破、減字、添字等現象。

三、在平仄方面

〈虞美人〉詞調多五、七言,平仄格律的形式與近體詩大致相符,然而同中有異,其「失對」、「失黏」,犯「孤平」、「孤仄」,以拗體為定格之趨勢,至為明顯;但其每句後三字之格律,均為「仄平平」或「平平仄」的形式,未犯「二夾一」、「下三連」之忌。

四、在用韻方面

〈虞美人〉詞調最大的不同之處,應在其用韻的方式,有「轉韻」、「遞韻」、「間韻」等變化,而且句句用韻,節奏緊密,流暢明快。

整體而言，〈虞美人〉詞調已擺脫詩律的拘束而自成一格，在體製、句法、平仄、用韻等方面，呈現出與眾不同的特性，故歷代的詞家藉著〈虞美人〉的詞調，譜出心曲，填下了許多不朽的經典之作。

【主要參考資料】

一、書籍

《詞牌彙釋》，聞汝賢纂，自印本，1963 年 5 月臺一版。

《詞林正韻》，清‧戈載撰，臺北：世界書局，1981 年 11 月三版。

《御製詞譜》，清聖祖敕撰，自印本，1976 年 1 月再版。

《詞律》，清‧萬樹編，臺北：臺灣中華書局，1978 年 1 月臺三版。

《唐宋詞格律》，龍沐勛著，臺北：里仁書局，1986 年 12 月版。

《全唐五代詞彙編》（上、下冊），楊家駱主編，臺北：世界書局，1971 年 1 月再版。

《全宋詞》，唐圭璋編，臺北：宏業書局，1985 年 10 月再版。

《詞話叢編》第一冊：《碧雞漫志》，宋‧王灼撰，臺北：新文豐出版公司，1988 年 2 月臺一版。

二、期刊論文

〈以唐、五代小令為例試述詞律之形式〉，王偉勇撰，《東吳文史學報》第十一號，1993 年 3 月。

〈〈訴衷情〉詞調分析〉，曾秀華撰，《東吳中文研究集刊》
　　創刊號，1994 年 5 月。

〈試論詞調〈河傳〉的特色〉，連文萍撰，《東吳中文研究集
　　刊》創刊號，1994 年 5 月。

戈載《宋七家詞選》試析

壹、前言

詞集的編選，起自唐五代之《雲謠集》，而後由宋經明，過渡至清代詞壇，其發展演變的歷程，在文學史中是不容忽視的，然百餘年來，因時代的嬗遞，風氣的丕變，致使選詞的重點與目的均有所不同，反映出編選者獨特的觀點與理念，同時也標舉出自成一派的門徑家法。前人有言：「填詞之不工，由於讀詞之無法，而讀詞之無法，由於選詞之未精。」（王敬之〈宋七家詞選序〉），可見詞選在創作上和學習上的重要性。

蕭鵬於《群體的選擇——唐宋人選詞與詞選通論》一書中提到：「清代初年至民國前期，是詞選的全盛期。其間佳選紛呈，種類繁多，派系各異。」[1]故今以清代為範疇，在浙西、常州兩大詞派影響下，以戈載《宋七家詞選》為例，探討其版本、編選體制、選詞原因及標準，冀能由此闡明詞選宗派流變之跡，使讀詞辨證有所依循。

---

[1] 蕭鵬著：《群體的選擇——唐宋人選詞與詞選通論》（臺北：文津出版社，1992 年 11 月），頁 18。

貳、編者簡介

　　《宋七家詞選》為戈載所輯，戈載，字順卿，一字寶士，江蘇吳縣人，約清宣宗道光初（約西元一八二一年）前後在世，官國子監典簿，其生卒年不詳，而生平事蹟史傳中亦鮮有記載。然知其工於詞作，考韻辨律，尤極精當，為吳中七子之一[2]，以「瀟碧軒」、「翠薇花館」為書齋名，著有《翠薇花館詞》、《續絕妙好詞》及《詞林正韻》等。

　　而後杜文瀾曾校注《宋七家詞選》，杜文瀾，字小舫，浙江秀水（今嘉興）人，生於清仁宗嘉慶二十年（西元一八一五年），卒於德宗光緒七年（西元一八八一年），年七十有六，官至江蘇道員，署兩淮鹽運使。著有《采香詞》、《曼陀羅華閣瑣記》、《古謠諺》；亦曾校勘訂補萬樹《詞律》為《詞律校勘記》、《詞律續說》及《詞律補遺》等；詞學見解與戈載相似，特重律與韻。

參、版本概述

　　《宋七家詞選》目前可見之版本，有二：
　　一為清光緒十一年（西元一八八五年）曼陀羅華閣重刊本，

---

[2]　當時詞家中講究聲律者，有朱綬、沈傳桂、沈彥曾、吳嘉淦、王嘉祿、陳彬等人，與戈載並稱為「吳中七子」。

一函：三冊，二十一公分，線裝，無校注語（以下簡稱「原本」）。

另一版本為一函：四冊，於扉頁有「曼陀羅華閣重刊宋七家詞選」、「光緒乙酉嘉興金吳瀾題面」等字樣，且卷首載有清宣宗道光十六年（西元一八三六年），王敬之〈宋七家詞選序〉，因此是書應於道光年間出版刊行，又卷內書眉錄有杜文瀾校注語（以下簡稱「校注本」）[3]。

以上二書，現均藏於臺北：國立臺灣大學研究圖書館。民國六十七年，河洛圖書出版社，據道光十七年「校注本」，景印發行《宋七家詞選》，一冊（以下簡稱「景印本」）[4]。茲將「原本」與「校注本」相互比對，可見其不同之處：

一、「校注本」前有高郵王敬之〈宋七家詞選序〉、金吳瀾〈杜小舫方伯校注戈選宋七家詞序〉及戈載〈宋七家詞選題辭〉等篇，而「原本」均無。

二、「原本」所列之目錄，分為七卷，以詞人之字著錄，下有詞集名稱；而「校注本」所列之目錄則較為詳盡，亦分為七卷，但於詞人名下，註明字、號、籍貫或生平要略及詞集名，顯為杜文瀾重新整理編寫。[5]

---

[3] 據「校注本」〈宋七家詞選目錄〉杜文瀾識：「此選為善本，道光十七年，刊於袁公路浦，其版已燬劫火中，今為重刻，敘次字句，悉仍其舊。」由此判斷，書前雖有高郵王敬之〈宋七家詞選序〉，其泚筆為序，在道光十有六年仲冬，然可能於序完成時，並未立即刊刻，而至道光十七年時，方付梓出版。

[4] 「校注本」與「景印本」，兩者前面序文之順序相反，「校注本」：金吳瀾〈杜小舫方伯校注戈選宋七家詞序〉在前；「景印本」：高郵王敬之〈宋七家詞選序〉在前，此或許是景印裝訂之時發生誤置。

[5] 「原本」及「校注本」目錄之標示不同，舉例如下：

三、「校注本」書眉附有杜文瀾之校注語，此是由金吳瀾補刻成編[6]，而「原本」則無校注語。

四、「校注本」每卷後之戈載跋語，因經過杜文瀾斟酌增益，故在字句方面，與「原本」略有出入；另外在刊刻用字方面，亦常有同字異體之情形。[7]

原本：「卷一　周美成《片玉集》」。
校注本：「卷一　周邦彥字美成，錢塘人，元豐初進〈汴都賦〉，除太學正，歷官秘書監，進徽猷閣待制，提舉大晟府，出知順昌府，徙知處州，秩滿提舉南京鴻慶宮，有《片玉集》、《清真集》二卷、後集一卷。」

6 金吳瀾〈杜小舫方伯校注戈選宋七家詞序〉載：「方伯所藏戈選《七家詞》一書，校注已畢，刊刻未成，取而讀之，始信方伯暮年於詩餘一道，致力益尊，證據益博，元元本本能發前人未發之秘，詞律所未及者，於眉端一一補注，實於此中三折肱，九折臂矣，戈氏選七家之精華，方伯尤能羽翼之，……是書刻未竟，方伯遽歸道山，瀾因補刻成編，以廣流傳，以成其未竟之志。」

7 ‧跋語字句方面：
〈宋七家詞選目錄〉杜文瀾識：「惟原本每卷有戈氏跋語一篇，似稍煩瑣，本擬刪之，乃欲為學詞者多所取法，因斟酌增益之，以冀醒目。」
如卷二《梅谿詞》跋語：
校注本：「此選律韻不合者弗收，故從割愛，至各本異同之處，如〈釵頭鳳〉『鶯聲暖』句。」
原本：「予此選律韻不合者雖美弗收，故是詞割愛從刪，至各本異同之處，兩可者亦不論，如〈釵頭鳳〉『鶯聲暖』。」
‧刊刻用字方面：
如卷二史達祖〈風流子〉：
校注本：「記『窗』眼遞香」、「馬『蹏』敲月」、「淺『澹』羅衣」、「恰是怨深『顋』赤」、「『輭』塵庭戶」、「花『誤』幽期」等字。
原本則分別作：「牕」、「蹄」、「淡」、「腮」、「軟」、「悞」，概皆同字異

　　五、「原本」在卷七張叔夏《山中白雲詞》後，附錄《樂府指迷》，「校注本」則無。

　　此外，馮煦輯《蒙香室叢書》，光緒辛卯（十七年，西元一八九一年）刊，亦收錄戈載《宋七家詞選》七卷，可互見。

肆、編選體例

　　《宋七家詞選》分為七卷，所選詞家為：周邦彥、史達祖、姜夔、吳文英、周密、王沂孫、張炎等七人，排列先後原則上以詞人生年為序，而每卷之後附有戈載跋語，跋語中將詞人之風格特色作一總評，並考訂諸書，如：《花庵詞選》、《樂府雅詞》、《詩餘圖譜》、《詞律》等，把諸本有大謬之處，分別標出，或說明詞調之特色，藉此可見出戈氏選詞之重點與詞學理念。

　　《宋七家詞選》所選之詞，共四八〇闋，包括：周邦彥（五十九闋）、史達祖（四十二闋）、姜夔（五十三闋）、吳文英（一一五闋）、周密（六十九闋）、王沂孫（四十一闋）、張炎（一〇一闋）。就數量上言，以吳文英之詞選錄最多，戈載卷四《夢窗詞》跋語云：「予則有志未逮而極愛其詞，故所選較多。」

　　在戈氏所選的四八〇闋詞中，共收錄一九二個詞調[8]，

體。

[8]　詞調之統計，有同調異名之情形者視為一調，以杜文瀾於眉端所校注

其中有三十九調屬自度曲[9]。每卷按詞調字數多寡排列，由小令至長調，並將相同詞調彙錄一處，次序井然；以〈齊天樂〉二十闋最多，其次為〈木蘭花慢〉十三闋，〈浣溪沙〉十闋。

伍、選詞原因

一、以詞樂為準，審音辨律之詞壇風氣

龍沐勛〈選詞標準論〉一文云：「金元而後，南北曲興，歌詞之法不傳，醇雅之音漸絕；淩夷至明代，而詞學之衰敝極矣。」[10]故清代詞人，深感明人詞之不振，詞風趨於委靡衰頹，乃欲振衰起敝，力圖振作，而以地域劃分，標舉詞家宗派。康熙年間浙西詞派興起，其推尊詞體，師法南宋，提倡雅正，崇尚姜、張。林玫儀《晚清詞論研究》有言：「雅正之風格，一來自字面之錘鍊，一來自音律之講求。」[11]加

者為依據。如卷七張炎〈鬥嬋娟〉眉端注云：「此即上二首〈霜葉飛〉調，因前清真詞有『素娥青女鬥嬋娟』句，遂有此名，句法與上俱合。」

[9] 此自度曲之認定亦按杜文瀾所注為據，如：卷四吳文英〈惜秋華〉眉端注云：「此為夢窗自度曲」，卷一周邦彥〈荔枝香近〉眉端注云：「此調清真所作」，或卷二史達祖〈玉簟涼〉眉端注云：「此調無別首可校」等，均納入計算。又卷三〈滿江紅〉平調，創自姜夔，亦歸為自度曲。

[10] 龍沐勛撰：〈選詞標準論〉，《詞學季刊》第 1 卷第 2 號（1933 年 8 月），頁 15。

[11] 林玫儀著：《晚清詞論研究》（臺北：臺灣大學中國文學研究所博士論

以當時朝廷政策，對士人施以高壓、懷柔之手段，詞人們為避禍，著力於聲律格調之講求，而為統治者所樂見稱許，學者遂依仿舊作，字字恪遵。惟後有才學未逮者，失其神髓，流於空疏餖飣，常州派乃標舉意內言外之說，起而正之。但據嚴迪昌《清詞史》載：「事實上，嘉慶到道光之初，『浙派』仍繼續活躍著，常州詞派還未能一變詞壇的風氣。其時除了郭麐的新變努力外，戈載等也正值講聲律作《續樂府補題》之類詞的熱鬧期。」[12]可見當時倚聲填詞、音律協洽之風仍彌漫充斥整個詞壇。

二、標舉求正軌、合雅音之詞學主張

清‧江順詒《詞學集成》卷五引戈載語曰：「詞以空靈為主，而不入於粗豪。以婉約為宗，而不流於柔曼。意旨綿邈，音節和諧，樂府之正軌也。不善學之，則循其聲調，襲其皮毛，筆不能轉，則意淺，淺則薄。筆不能鍊，則意卑，卑則靡。」[13]又戈載於《詞林正韻》發凡云：「詞學至今日可謂盛矣，然填詞之大要有二：一曰律，一曰韻。律不協則聲音之道乖，韻不審則宮調之理失，二者並行不悖。」[14]然詞從晚唐、五代起，歷宋至清，詞樂已失，後世填詞之

文，1979年），頁13。

[12] 嚴迪昌著：《清詞史》（南京：江蘇古籍出版社，1990年1月），頁428。

[13] 清‧江順詒輯：《詞學集成》，《詞話叢編》（臺北：新文豐出版公司，1988年2月），第四冊，頁3265。

[14] 清‧戈載撰：《詞林正韻》（臺北：世界書局，1981年11月），頁11。

人，於韻於律，往往率爾為之，流蕩無節。戈載認為韻學不明，詞學亦因之而衰矣，故欲救詞林之弊，正填詞者之謬，乃輯《詞林正韻》一書，取古人之詞，參酌審定，詳加辨析，使韻正而律亦可正也，並強調「隨律押韻、隨調擇韻」，則無轉摺怪異之病矣。此外，更編選了《宋七家詞選》，以前人雅音為法，闡揚一己之詞學理念，使詞林傳播正聲，常在天地。

三、突破周濟《宋四家詞選》理論之藩籬

周濟《宋四家詞選》完成於清宣宗道光十二年（西元一八三二年），雖與《宋七家詞選》編輯年代相近，但分屬於常州詞派與浙西詞派，故周濟、戈載二人在選詞、評詞的觀點上，頗有差異之處，如周濟於〈宋四家詞選目錄序論〉中表達對吳文英詞作之看法，其言：「夢窗立意高，取徑遠，皆非餘子所及，惟過嗜餖飣，以此被議。」[15]而戈載對夢窗詞則有不同之意見：「以綿麗為尚，運意深遠，用筆幽邃，鍊字鍊句，迥不猶人。貌觀之雕繢滿眼，而實有靈氣行乎其間，細心吟繹，覺味美於回，引人入勝，既不病其晦澀，亦不見其堆垛。……猶之玉溪生之詩，藻采組織而神韻流轉，旨趣永長，未可妄譏其獺祭也。」（《宋七家詞選》卷四《夢窗詞》跋語）。戈載身當重形式及巧構之言的浙派末期，不僅能用心於字句之吟哦諷誦，還能探求詞作的立論命意，誠

---

[15] 清・周濟撰：〈宋四家詞選目錄序論〉，《宋四家詞選箋注》（臺北：臺灣中華書局，1971 年 1 月），頁 3。

屬難得。故可知浙派雖求音律之雅正，亦重詞旨之微言寄
託；戈載藉由選詞，試圖再次彰顯浙派的旗幟，並呈現出較
周濟《宋四家詞選》更為周全的選詞層面。

周濟《宋四家詞選》，以周邦彥、辛棄疾、王沂孫、吳
文英四家為主，各附其宗派，並強調學詞之三個階段和境
界：「問塗碧山，歷夢窗、稼軒，以還清真之渾化。」[16]認為
詞須有寄託，以學習王沂孫詞為入門的階段，而後再由學習
吳文英、辛棄疾詞，以追求巧妙變化的藝術風格，最後以南
宋上溯北宋，以有門徑入於無門徑，昇華至周邦彥渾化的意
境。周濟此論，囿於常州派家法，局限了學詞的多樣性與全
面性，無疑是畫地自限，走入了偏狹的死胡同，實有修正之
必要。反觀戈載《宋七家詞選》，則各家分立，不限於一軌，
如戈氏認為：「清真之詞，其意澹遠，其氣渾厚，其音節又
復清妍和雅，最為詞家之正宗，所選更極精粹無憾，故列為
七家之首焉。」（卷一《片玉集》跋語），同時又標舉吳文英
之詞作：「此與清真、梅谿、白石，並為詞學之正宗，一脈
真傳，特稍變其面目耳。」（卷四《夢窗詞》跋語），此外亦
強調張炎是「真詞家之正宗」，因而「填詞者必由此入手，
方為雅音。」（卷七《山中白雲詞》跋語）。故正如蕭鵬《群
體的選擇──唐宋人選詞與詞選通論》一書所言：「戈載《宋
七家詞選》則七家家家門戶洞開，皆成法度。學者可以隨取
一家奉為師法，從而登堂入室，悟填詞之道。」[17]戈載不為

---

[16] 同前注，頁2。
[17] 同注1，頁9。

門徑所拘，突破了《宋四家詞選》之藩籬。

陸、選詞標準

　　戈載《宋七家詞選》之選詞標準，分別從序言、題辭及各卷後之跋語分析探討，整理歸類，主要有以下兩點：

一、律不乖迕，韻不龐雜，求其律細韻嚴，律韻兼精者

　　如卷二《梅谿詞》跋語云：「〈雙雙燕〉一首，雖膾炙人口，而其韻庚青，雜入真文，究為玉瑕珠纇，此選律韻不合者弗收，故從割愛。」

　　又戈載於卷五《草窗詞》跋語言：「予此選律乖韻雜者，不敢濫收，如〈木蘭花慢〉『西湖十景』，洵為佳搆，大勝于張成子〈應天長〉十闋，惜有四首混韻，故僅登六首，其小序有云：『詞不難于作而難于改，不難于工而難于協。』旨哉是言，可與知者道，難與俗人言爾。」協韻合律之難，正是戈載選詞心聲的吐露。

二、句擇精工，篇取完善

　　如卷一《片玉集》跋語曰：「然子晉刻時，欠校讎之功，譌謬頗多，幸其詞散見於各集，因將《花庵詞選》、《樂府雅詞》、《陽春白雪》、《樂府指迷》、《詞源》、《草堂詩餘》、《花

草粹編》、《歷代詩餘》、《詞綜》、《詞潔》、《詩餘圖譜》、《詞律》、《詞苑》、《詞話》諸書，參互攷訂，擇其善者從之。」

卷二《梅谿詞》跋語亦曰：「……〈花心動〉結句『垂楊幾千萬縷』，《汲古》『縷』作『里』；又〈綺羅香〉『還被春潮晚急』句，『晚』字諸本脫；又〈風流子〉『馬蹏敲月』、『怕聽金縷』二句，《汲古》『月』作『目』，『金』作『琴』，凡此皆大謬之處，各據善本改正，且標出之，以俟後之覽者審定焉。」

柒、結語

戈載持律謹嚴，標舉音韻，後出現以其為首的「吳中七子」，形成「吳中詞派」，應屬於浙派之支流，蕭鵬《群體的選擇——唐宋人選詞與詞選通論》載：「與常州派同時而稍晚的是吳中詞派，它以戈載為盟主，『吳中七子』為宗派群之主體，創作和講論特重律與韻。他們編訂詞韻，研討詞樂理論，商榷聲律，選詞『律韻不合者雖美弗收。』實是對南宋詞第三種特徵的繼承，是所謂『聲律派』。」[18]吳中詞派建立在浙西詞派與常州詞派的基礎上，但擺脫了追求高格的空泛，與寄託命意的晦澀。戈載能在清代詞壇「浙西詞派」與「常州詞派」外，另建立起「聲律」一派，其主張學說的闡

---

[18] 同注 1，頁 207。

發極為深遠，將詞的研究方向，導向另一個層面，並擴大了詞學的研究領域，具有一定程度之影響。

　　然戈氏講究聲律，似有過偏之嫌，杜文瀾《憩園詞話》卷二曰：「戈順卿……選《宋七家詞》，采取精當，核律亦嚴。惟宋詞用韻太寬，往往不分四呼七音，而以鄉音意為通轉。選中有佳詞韻誤者，輒改其韻。未免自信過深，招人訾議。」[19]如杜文瀾校注《宋七家詞選》，在卷三姜夔〈湘月〉一詞眉端注云：「原本『月上汀洲迴』句，『迴』作『冷』，又『理哀絃清聽』句，『清聽』作『鴻陣』，又『夜久知秋冷』句，『冷』作『信』，皆戈氏因改韻率易。」[20]然在《宋七家詞選》

---

[19] 清・杜文瀾撰：《憩園詞話》，《詞話叢編》（臺北：新文豐出版公司，1988 年 2 月），第三冊，頁 2868。

[20] 「五湖舊約，問經年底事，長負清景。暝入西山，漸喚我、一葉夷猶乘興。倦網都收，歸禽時度，月上汀州冷。中流容與，畫橈不點清鏡。
　　誰解喚起湘靈，煙鬟霧鬢，理哀弦鴻陣。玉麈談玄，歎坐客、多少風流名勝。暗柳蕭蕭，飛星冉冉，夜久知秋信。鱸魚應好，舊家樂事誰省。」（姜夔〈湘月〉，唐圭璋編：《全宋詞》，臺北：宏業書局，1985 年 10 月，頁 2184）。
　　『景』、『興』、『冷』、『鏡』、『勝』、『省』等韻腳為第十一部仄聲韻，而『鬢』、『陣』、『信』則屬於第六部仄聲韻。又據夏承燾《姜白石詞編年箋校》所載，並未發現有其他不同之版本。
　　「五湖舊約，問經年底事，長負清景。暝入西山，漸喚我、一葉夷猶乘興。倦網都收，歸禽時度，月上汀州迴。中流容與，畫橈不點明鏡。
　　誰解喚起湘靈，煙鬟霧鬢，理哀弦清聽。玉麈談元，歎坐客、多少風流名勝。暗柳蕭蕭，飛星冉冉，夜久知秋冷，鱸魚應好，舊家樂事誰省。」（姜夔〈湘月〉，戈載《宋七家詞選》卷三，頁 13－14）。
　　『景』、『興』、『迴』、『鏡』、『聽』、『勝』、『冷』、『省』等韻腳為第十

中，字句之異，有的是因所據的版本不同，如卷四吳文英〈滿江紅〉（雲氣樓臺）一詞，「浪搖晴練欲飛空」句，其中「練」作「棟」，毛刻汲古閣《六十家詞》本，及《詞譜》、《詞律》均同，而戈氏則依清・朱彝尊《詞綜》作「練」。類此情形，杜文瀾一時不察，誤判為戈氏率改，故杜文瀾注語不可盡信也。但戈載為求詞律合韻，確有任改字句之情形，以致與其選詞標準「句擇精工，篇取完善」（高郵王敬之〈宋七家詞選序〉）之論點，互相矛盾；且與其「考證詞作，將大謬之處，據善本改正，標注於跋語中，俟後之讀者審定」之態度，亦不相符。戈氏主張，在此發生了問題，弊患遂生，聲律派的路徑勢必愈走愈狹，只有期待下一次變革的出現。

【主要參考資料】

一、書籍

《詞林正韻》，清・戈載撰，臺北：世界書局，1981 年 11 月三版。

《宋四家詞選箋注》，清・周濟編、鄺士元箋注，臺北：臺灣中華書局，1971 年 1 月出版。

《宋七家詞選》，清・戈載輯、清・杜文瀾校注，臺北：河洛圖書出版社，1978 年 5 月臺景印初版。

《詞話叢編》（全五冊），唐圭璋編，臺北：新文豐出版公司，

一部仄聲韻，而『鬢』一字屬於第六部仄聲韻。

1988 年 2 月臺一版。

《唐宋詞集序跋匯編》，金啟華等編，臺北：臺灣商務印書館，1993 年 2 月臺灣初版。

《清詞史》，嚴迪昌著，南京：江蘇古籍出版社，1990 年 1月第一版。

《群體的選擇——唐宋人選詞與詞選通論》，蕭鵬著，臺北：文津出版社，1992 年 11 月初版。

二、期刊論文

〈選詞標準論〉，龍沐勛撰，《詞學季刊》第一卷第二號，1933年 8 月。

〈浙西詞派的理論〉，高建中撰，《詞學》第三輯，1985 年 2月第一版。

〈「吳中七子」與吳派詞人群〉，蕭鵬撰，《詞學》第十一輯，1993 年 11 月第一版。

〈晚清詞論研究〉，林玫儀撰，國立臺灣大學中國文學研究所博士論文，1979 年 7 月。

散文

《文心雕龍》〈神思〉篇
創 作 理 論 試 析

壹、前言

  《文心雕龍》全書十卷，每卷五篇，共五十篇。清・章學誠《文史通義》〈內篇五・詩話〉云：「《文心》體大而慮周，……籠罩群言。」〈序志〉篇載：

> 蓋《文心》之作也，本乎道，師乎聖，體乎《經》，酌乎《緯》，變乎《騷》，文之樞紐，亦云極矣；若乃論文敘筆，則囿別區分，原始以表末，釋名以章義，選文以定篇，敷理以舉統，上篇以上，綱領明矣。至於剖情析采，籠圈條貫，摛〈神〉〈性〉，圖〈風〉〈勢〉，苞〈會〉〈通〉，閱〈聲〉〈字〉，崇替於〈時序〉，褒貶於〈才略〉，怊悵於〈知音〉，耿介於〈程器〉，長懷〈序志〉，以馭群篇，下篇以下，毛目顯矣。位理定名，彰乎大衍之數，其為文用，四十九篇而已。（卷十）

  劉勰以「本乎」、「師乎」、「體乎」、「酌乎」、「變乎」，

強調文學的本原在於〈原道〉、〈徵聖〉、〈宗經〉、〈正緯〉、〈辨騷〉；並區別有韻之文及無韻之筆，由「原始以表末」、「釋名以章義」、「選文以定篇」、「敷理以舉統」四大綱領，來說明〈明詩〉至〈書記〉等二十篇文學體裁的基本架構。接著在剖情析采方面，劉勰進一步從〈神思〉以下數十篇，就其整個範圍，有系統、有條理的闡述文學寫作的技巧方法與創作要旨；同時劉勰也注意到時代背景、自然環境、作家學識、讀者學養和道德修養與文學作品優劣的關係，構成了文學批評之主要條件；最後，以〈序志〉一篇統攝全書，首尾貫串，綱舉目張。故《文心》一書之內容組織可歸納為：「文原論」、「文體論」、「文術論」、「文評論」、「緒論」等五大類[1]。然不論是「銓序一文」抑或是「彌綸群言」，均須使文能成章，而首要之法即在於為文有術；劉勰將〈神思〉篇列為「文術論」之首篇，可見其對此篇的重視。因而擬從創作構思及思、意、言之關係等方面，加以分析探討，以明〈神思〉篇行文運思之特性，並期能窺知劉勰文學創作理論之全貌。

貳、「神思」釋義

欲通曉《文心雕龍》〈神思〉篇所闡述之主旨及特質，

---

[1] 此依王更生《文心雕龍研究》（臺北：文史哲出版社，1984年10月。）第一章緒論中所作之分類，而同書於第十一章第三節中，更羅列出各家對《文心雕龍》五十篇分類之不同說法，可供參看。

必先「釋名」，方能「章義」，故以下分別從三方面論述之：

一、〈神思〉篇中「神」之涵義

〈神思〉篇中言及「神」字者凡有六處[2]，可歸納為兩大類：

（一）《荀子》〈天論〉篇言：「天職既立，天功既成，形具而神生。」（卷十一），唐・楊倞注云：「神謂精魂。」是指人的精神和意識，而〈神思〉篇中所提到的：「神與物游」、「神居胸臆」、「神有遯心」、「神用象通」以及「澡雪精神」，即是精神活動的體現。

（二）《周易》〈繫辭〉上曰：「陰陽不測之謂神。」韓康伯注云：「神也者，變化之極，妙萬物而為言，不可形詰者也。」因此「神」除了是人內在的精神現象外，同時也隱含了變化不定，玄妙難測的狀態，故劉勰於〈神思〉篇開端有言：「文之思也，其神遠矣。」

二、〈神思〉篇中「思」之涵義

---

[2] 〈神思〉篇中言及「神」字者凡有六處：
  (1)「文之思也，其神遠矣。」
  (2)「故思理為妙，神與物游。」
  (3)「神居胸臆，而志氣統其關鍵。」
  (4)「關鍵將塞，則神有遯心。」
  (5)「疏瀹五藏，澡雪精神。」
  (6)「神用象通，情變所孕。」

　　〈神思〉篇之「思」字，有指「文思」、「思理」者，有
單獨用「思」字者[3]，亦可歸納為兩項：

　　（一）「思接千載」、「意授於思」、「思隔山河」、「思表
纖旨」等，其「思」之義，即如《說文》所云：「思，容也。」
段《注》：「容者，深通川也，……引申之凡深通皆曰容。」
深通之義，應是指一般人之思慮活動，而為文之思慮，則是
「文思」。

　　（二）「思理之致」、「思理為妙」，於創作過程中，心與
物交相感應，而致萬象紛呈，此乃謀篇之端，亦即精神活動
之主要功能也。黃侃《文心雕龍札記》對「思」的涵義，可
視為進一步的補充說明：

　　　思心之用，不限于身觀，或感物而造端，或憑心而構

3　　・〈神思〉篇中「思」字，指「文思」者：
　　(1)「文之思也，其神遠矣。」
　　(2)「陶鈞文思，貴在虛靜。」
　　・〈神思〉篇中「思」字，指「思理」者：
　　(1)「其思理之致乎！」
　　(2)「故思理為妙，神與物游。」
　　・〈神思〉篇中單獨用「思」字者：
　　(1)「故寂然凝慮，思接千載。」
　　(2)「是以意授於思，言授於意。」
　　(3)「或義在咫尺而思隔山河。」
　　(4)「桓譚疾感於苦思。」
　　(5)「王充氣竭於思慮。」
　　(6)「雖有巨文，亦思之緩也。」
　　(7)「雖有短篇，亦思之速也。」
　　(8)「覃思之人，情饒歧路。」
　　(9)「至於思表纖旨，文外曲致。」

象。無有幽深遠近，皆思理之所行也。(〈神思〉第二
十六)

三、「神思」一詞之意義

「神」、「思」合言成為一詞，篇中僅有二見[4]，就字面
之義，「神思」是指精神感應的思維活動。歷來諸多學者認
為，「神思」就是「想像」，也就是所謂的「靈感」[5]，此說
理出了「神思」概念之頭緒，但嚴格而言，其各有不同的理
論體系，難以完全等同。梁・蕭子顯《南齊書》卷五十二〈列
傳〉第三十三云：

> 屬文之道，事出神思，感召無象，變化不窮。俱五聲
> 之音響，而出言異句；等萬物之情狀，而下筆殊形。

由此段之論說，已可見出「神思」之特性。然「神思」
一詞究為何義？劉勰本人之言是為最佳詮釋，其曰：

> 古人云：「形在江海之上，心存魏闕之下」；神思之謂
> 也。(卷六)

4　〈神思〉篇中「神」、「思」二字合言者：
　(1)「神思之謂也。」
　(2)「夫神思方運，萬塗競萌。」
5　王更生《文心雕龍研究》、沈謙《文心雕龍之文學理論與批評》、張嚴
　《文心雕龍文術論詮》、王金凌《中國文學理論史》、祖保泉《文心雕
　龍解說》等論著，均主張神思即想像（力）或靈感。

　　劉勰以《莊子》〈讓王〉篇之語，借指神思運用之妙境，則創作之靈感與想像，即可不受時間、空間之限制，超乎形體之外，而達到無遠弗屆的微妙境界，所謂：「觀古今於須臾，撫四海於一瞬」（陸機《文賦》），這是精神作用積極活躍的展現。黃侃於《文心雕龍札記》中說：

　　　　尋心智之象，約有二端。一則緣此知彼，有斟量之能；
　　　　一則即異求同，有綜合之用，由此二方，以馭萬理。
　　　　（〈神思〉第二十六）

　　因此「神思」是「學術之原」，更是精神作用積極活躍的展現。

參、創作構思之特質

　　神思既可超越時空，又可跳脫於形外，其於創作過程中，必有獨特之觀照，而呈現出與眾不同之情狀，故茲將創作構思之特質，分為以下幾部分討論之：

一、神與物游

　　劉勰認為思理之所以為妙，是在於「神與物游」，而思理之致為：

　　　　寂然凝慮，思接千載；悄焉動容，視通萬里；吟詠之

間，吐納珠玉之聲；眉睫之前，卷舒風雲之色。（卷
六）

其分別以「時間」、「空間」、「聲調」、「色彩」等四個方
面來概括構思之特點[6]，而「寂然凝慮」、「悄焉動容」、「吟
詠之間」、「眉睫之前」為精神之狀態；「思接千載」、「視通
萬里」、「吐納珠玉之聲」、「卷舒風雲之色」為思慮之動態，
其中「視通萬里」、「風雲之色」更是客觀物象的呈現，故此
「神」、「思」相應，應物斯感，而「感物吟志，莫非自然」
（《文心雕龍》〈明詩〉篇卷二）。陸機《文賦》云：

遵四時以歎逝，瞻萬物而思紛。悲落葉於勁秋，喜柔
條於芳春。

又劉勰於〈神思〉篇文後之贊語曰：

神用象通，情變所孕。物以貌求，心以理勝。（卷六）

說明了人之精神與外界物象，應互相感通，由我及物，
或由物及我，使物我之情趣，聯類不窮，而黃侃《文心雕龍
札記》亦有相同之看法：

以心求境，境足以役心；取境赴心，心難於照境。必

---

6 以「時間」、「空間」、「聲調」、「色彩」四個方面，概括構思之特點，
是依王更生《文心雕龍讀本》〈神思〉篇解題所論（臺北：文史哲出版
社，1986年11月，頁1-3）。

令心境相得，見相交融。(〈神思〉第二十六)

然應如何求得心物相融，物我合一之境？劉勰〈神思〉篇有言：

> 神居胸臆，而志氣統其關鍵；物沿耳目，而辭令管其樞機。樞機方通，則物無隱貌；關鍵將塞，則神有遯心。(卷六)

所謂「志氣」，簡言之即是意志和氣勢，其蓄積於內心，為靈感通塞之關鍵，而物象則透過感官作用而傳達於心，辭令是其表達的樞機，故志氣、物象之主體均為「心」，因而神與物游之最終境界，即是「物無隱貌」。〈物色〉篇曰：

> 歲有其物，物有其容；情以物遷，辭以情發。(卷十)

內心情感隨著外物變遷，而物之樞機為辭令，而辭令又因應情感有所感發，心、物、辭三者循環往復，圓融無間，達到神與物游整體觀照的完滿目標。

二、陶鈞文思

陸機《文賦》云：「若夫應感之會，通塞之紀，來不可遏，去不可止。」陸機認為靈感興會來去之際，是不能具體掌握的，但其已意識到內心修養與外在學習的重要性，因而有言：「佇中區以玄覽，頤情志於典墳」(《文賦》)，然卻並未明確的說明修養與學習方法，所以乃有：「雖茲物之在我，

非余力之所戮。故時撫空懷而自惋，吾未識夫開塞之所由」
的感慨（《文賦》）。劉勰有鑑於此，乃在其理論基礎上，進
一步的闡明培養文思，陶融性靈之法，此亦是〈神思〉篇價
值之所在，劉勰之說主要可將之析為內在養心與外在秉術兩
個重點：

（一）養心

　　為文之術，首在治心，《荀子》〈解蔽〉篇曰：「人何以
知道？曰心，心何以知？曰虛壹而靜。」（第十五卷），心為
人之主宰，為萬物之本源，故心「虛」則空無一物，而無所
不納，心「靜」則空無一事，而無所不照，此為內在心境之
涵養，是以劉勰云：「陶鈞文思，貴在虛靜」（〈神思〉篇，
卷六），而虛靜的根柢在於「疏瀹五藏，澡雪精神」（〈神思〉
篇，卷六），然五藏之疏瀹，精神之澡雪，則須通過心智主
觀的運作，方能養精蓄銳，《文心雕龍》〈養氣〉篇載：

> 吐納文藝，務在節宣，清和其心，調暢其氣，煩而即
> 捨，勿使壅滯，意得則舒懷以命筆，理伏則投筆以卷
> 懷，逍遙以針勞，談笑以藥勸，常弄閑於才鋒，賈餘
> 於文勇，使刀發如新，腠理無滯，雖非胎息之萬術，
> 斯亦衛氣之一方也。（卷九）

　　因而吾人若能虛心靜氣，從容率情，自可氣養神頤，文
無窒塞，故清‧紀曉嵐評曰：「此非惟養氣，實亦涵養文機。」

（二）秉術

　　文思之培養，除了內在主觀之養心外，另一方面則為外在客觀之學習，〈神思〉篇中載秉術之法為：

　　　積學以儲寶，酌理以富才，研閱以窮照，馴致以繹辭。
　　　（卷六）

　　劉勰強調由學問的充實，至明辨事理，體驗生活，以豐富創作的才能，增進觀察力，而後順應情感，衍為文辭，此工夫雖由文章見出，卻應從平時做起，四者相輔而成，為文運思，自然水到渠成。

　　故劉勰認為「養心」、「秉術」是馭文之首術，能使「玄解之宰，尋聲律而定墨；獨照之匠，闚意象而運斤。」（〈神思〉篇，卷六），此亦陶鈞文思所欲尋求達到之效果也。

三、博見貫一

　　在創作構思的過程中，除了重視物我關係與為文要術外，更不可忽略了個人才性的特殊性及文章體制的不同，所以〈神思〉篇中即提到：

　　　人之稟才，遲速異分，文之制體，大小殊功。（卷六）

　　劉勰分別從主觀、客觀方面，歸納出文思遲速的原因為：「人才」、「文體」兩個主要的因素，並列舉實例來印證其說，而首言長篇思緩之例：

> 相如含筆而腐毫，揚雄輟翰而驚夢，桓譚疾感於苦
> 思，王充氣竭於思慮，張衡研〈京〉以十年，左思練
> 〈都〉以一紀。（卷六）

繼而劉勰又接著舉出短篇思速之例，以與前者相互對
照：

> 淮南崇朝而賦〈騷〉，枚皋應詔而成賦，子建援牘如
> 口誦，仲宣舉筆以宿構，阮瑀據鞍而制書，禰衡當食
> 而草奏。（卷六）

以上淮南、枚皋、子建、仲宣、阮瑀、禰衡諸人，為劉
勰所謂的「駿發之士」，其「心總要術，敏在慮前」，故能「應
機立斷」；而相如、揚雄、桓譚、王充、張衡、左思等，則
是「覃思之人」，其「情饒歧路，疑在慮後」，因而須「研鑒
方定」。然不論構思之遲速快慢，均能成功致績，主要的關
鍵在於博學與練才，〈神思〉篇云：

> 機敏故造次而成功，鑒疑故愈久而致績。難易雖殊，
> 並資博練。（卷六）

因此只有「才」和「學」的互相配合，才能呈現出完美
的藝術形象，《文心雕龍》〈事類〉篇中將才學之關係，作了
詳細的說明：

> 文章由學，能在天資。才自內發，學以外成，有學飽

> 而才餒，有才富而學貧。學貧者，迍邅於事義，才餒
> 者，劬勞於辭情；此內外之殊分也。是以屬意立文，
> 心與筆謀，才為盟主，學為輔佐；主佐合德，文采必
> 霸，才學褊狹，雖美少功。（卷八）

所以若不能腳踏實地，確實學習，學淺而專事遲緩，才
疏而一味求快，則必定徒勞無功，一切枉然矣。范文瀾《文
心雕龍注》明確的指出了「才」、「學」缺一不可的重要性：

> 古今文士之成名，半由於天才，半由於學力，失一焉
> 則其所至必盡。若夫學淺才疏而徒以敏捷為能，是猶
> 跛鼈不積跬步，而妄冀千里也。故彥和決絕其辭曰：
> 「以斯成器，未之前聞。」（〈神思〉篇，卷六）

最後，劉勰進一步的提到，臨文寫作時在內容、形式方
面的兩大缺失，並積極提供了補偏救弊之道，其曰：

> 是以臨篇綴慮，必有二患：理鬱者苦貧，辭溺者傷亂；
> 然則博見為饋貧之糧，貫一為拯亂之藥，博而能一，
> 亦有助乎心力矣。（〈神思〉篇，卷六）

因此可知為文之大患，一是內容貧乏，文理不通；另一
是形式雜亂，堆砌辭藻。故在內容方面，須以「博見」之功，
方能補其貧乏，此與陶鈞文思的養術之法：「積學」、「酌理」、
「研閱」、「馴致」前後呼應，可見出〈神思〉全篇脈絡貫串
之處；而另外在形式方面，則須以「貫一」之力，才能弭其

雜亂，然弭亂之法，〈鎔裁〉篇中有具體的敘述，其言：

> 引而申之，則兩句敷為一章，約以貫之，則一章刪成
> 兩句。思贍者善敷，才覈者善刪。善刪者字去而意留，
> 善敷者辭殊而義顯。（卷七）

所以不論篇幅之長短，文章之論述鋪陳須切合體要，一脈相承，則或刪或增，自能井然有序，去亂貫一。黃侃《文心雕龍札記》曰：「不博則苦其空疏，不一則憂其凌雜。」（〈神思〉第二十六），因而要「助乎心力」，則「博而能一」當是首項要件。

肆、思意言三者與創作之關係

綜合〈神思〉篇中對創作理論的闡述，由神思的妙境，至神思的運用，不難發現劉勰已體會出，文章形成有三個重要的階段，即──「思」、「意」、「言」三者，此三者與創作的關係至為密切，且環環相扣，故以下擬從兩方面來探討：

一、意授於思，言授於意

整個文學創作構思的過程，在虛幻的情況下，在抽象的意念裏，盡可以千迴百轉，上窮碧落，下極黃泉，而情意無限。但最後的目標，終究須落實到言辭的表達上，方可闡述

意念，而傳諸久遠，作完全而整體的呈現，然往往卻事與願違，劉勰曰：

> 夫神思方運，萬塗競萌，規矩虛位，刻鏤無形，登山則情滿於山，觀海則意溢於海，我才之多少，將與風雲而並驅矣。方其搦翰，氣倍辭前，暨乎篇成，半折心始。（〈神思〉篇，卷六）

這也就如同陸機《文賦》所言：

> 每自屬文，尤見其情。恆患意不稱物，文不逮意。蓋非知之難，能之難也。

然為何「意」與「思」難以一致，而「言」又難以達「意」，其因何在？〈神思〉篇中說明了根由：

> 意翻空而易奇，言徵實而難巧也。是以意授於思，言授於意；密則無際，疏則千里，或理在方寸而求之域表，或義在咫尺而思隔山河。（卷六）

這一方面是「虛」與「實」的問題，因「意虛」故可以天馬行空，不受拘限，而「言實」則須具體確切，言之有物，所以一個易奇，一個難巧；並且情意及題材的產生，來自作者的想像與意念，而言辭和文采，則受情意、題材的影響與支配，「思」、「意」、「言」三者，層層相隔；由「思」到「意」，是一折；由「意」至「言」，又是一折；因此差之毫釐，就

失之千里了。另一方面則是「近」與「遠」的問題,「理」、「義」或各在方寸咫尺之間,但往往卻於四境之外求之,想像奔馳而遙隔山河,致使人之為文苦慮勞情也。故草創鴻筆之時,有三個應該遵循之準則,〈鎔裁〉篇載:

> 履端於始,則設情以位體;舉正於中,則酌事以取類;歸餘於終,則撮辭以舉要。(卷七)

二、含章司契,杼軸獻功

以上〈鎔裁〉篇中三準既立,思、意、言即能密而無際。然至此遂生一疑,劉勰強調「言徵實而難巧」,「方其搦翰,氣倍辭前,暨乎篇成,半折心始。」(〈神思〉篇,卷六),與前述之「物沿耳目,而辭令管其樞機。樞機方通,則物無隱貌。」(〈神思〉篇,卷六),在論點上似有矛盾之處,因言既難巧,如何使物無隱貌?其實這涉及不同的問題,不可混為一談;以辭令本身而言,正確的語辭可以詳實的反映物象,這是不容置疑的,而其難是難在表達的技巧上,然應如何克服表達上的困難?劉勰從兩方面加以申說[7],一為:

> 養心秉術,無務苦慮,含章司契,不必勞情也。(〈神思〉篇,卷六)

---

[7] 王元化《文心雕龍講疏》「附錄一」:〈「志氣」和「辭令」在想像中的作用〉(上海:上海古籍出版社,1992 年 8 月,頁 110－112);及張少康〈《文心雕龍》的神思論〉(《文心雕龍學刊》第四輯,濟南:齊魯書社,1986 年 12 月)一文,對此問題有相關的論述,可參看。

　　此以「養心秉術」，再次回應陶鈞文思之法，以練達文才。其次則是主張「言外之意」、「文外之旨」，劉勰云：

> 若情數詭雜，體變遷貿，拙辭或孕於巧義，庸事或萌於新意；視布於麻，雖云未費，杼軸獻功，煥然乃珍。至於思表纖旨，文外曲致，言所不追，筆固知止。至精而後闡其妙，至變而後通其數，伊摯不能言鼎，輪扁不能語斤，其微矣乎！（〈神思〉篇，卷六）

　　故利用言辭文采，以「杼軸獻功」之力，從修改潤色的功夫上著手，去其拙辭、庸事，而暗示象徵物象中難以精確描寫的巧義與新意，使文外曲致，所謂：「狀難寫之景，如在目前，含不盡之意，見於言外。」（歐陽修《六一詩話》引梅堯臣語），以提高藝術的境界，擴大表現的範圍。

　　文學創作的變化，是微妙莫測的，空想不能成意，徒言不足以成章，所以思、意、言三者巧妙的關係，須拿捏得宜，合之則全，離之則偏，則疏密之間，當可縱橫千里，自由奔放，作者「結慮司契，垂惟制勝」（〈神思〉篇，卷六）的重要關鍵已寓其中。

伍、結語

　　《文心雕龍》〈神思〉篇以實際的創作經驗，總結出藝術構思的想像活動，所有的靈感思維，及創作之方法技巧，

均在其涵蘊之中。同時，劉勰以〈神思〉篇為核心，來統馭整個創作理論，〈神思〉篇中所論述之內容，是觀點的創發，以下創作各論則是本質的闡述，巨細靡遺，脈絡聯繫，將文學創作的特色，完整而具體的表達。

然〈神思〉篇中，雖不免有一些幽隱難解，不能言傳的局限性，但畢竟瑕不掩瑜，胡子遠等人〈「神思」小議〉[8]一文云：

> 它進一步從探索文藝創作的精神活動中，指明了最初活躍起來的文思，絲毫離不開與客觀事務聯繫著的真情實感。真情實感反映於創作實踐，必然是言之有物。這正是針砭當時內容浮泛，徒事形式的文風之弊。「神思」的可靠基礎，必須是作家的才、學、識及精神修養。

因此〈神思〉篇的價值，除了具有針砭時弊的作用，受到當時的重視外，更因其繼承了前人研究的成果，而別開生面，自成一格，進一步開創出後代文學理論的體系，故知〈神思〉一篇，甚而《文心雕龍》全書，在中國文學的發展上，負有承先啟後的重要使命，其地位是不容忽視的。

---

[8] 胡子遠等撰：〈「神思」小議〉，《古代文學理論研究》第七輯（上海：上海古籍出版社，1982 年 11 月），頁 70－76。

【主要參考資料】

一、書籍

《文心雕龍札記》，黃侃著，臺北：文史哲出版社，1973 年
　　6 月再版。

《文心雕龍斠詮》，李曰剛著，臺北：國立編譯館，1982 年
　　5 月版。

《文心雕龍注釋》，周振甫著，臺北：里仁書局，1984 年 5
　　月版。

《文心雕龍研究》，王更生著，臺北：文史哲出版社，1984
　　年 10 月增訂版。

《文心雕龍讀本》（上、下篇），王更生注釋，臺北：文史哲
　　出版社，1985 年 3 月初版。

《文心雕龍注》，范文瀾著，臺北：學海出版社，1988 年 3
　　月初版。

《文心雕龍講疏》，王元化著，上海：上海古籍出版社，1992
　　年 8 月第一版。

《文心雕龍選讀》，王更生著，臺北：巨流圖書公司，1994
　　年 10 月一版。

《中國古代文學理論的秘寶》——《文心雕龍》，王更生著，
　　臺北：黎明文化事業公司，1995 年 7 月初版。

《文賦集釋》，張少康著，臺北：漢京文化公司，1987 年 2
　　月景印。

二、期刊論文

〈「神思」與「想像」〉，張淑香撰，《中華文化復興月刊》第
　　八卷第八期，1975 年 8 月。

〈劉勰的創作論與陸機文賦之比較〉，齊益壽撰，《中外文學》
　　第十一卷第一期，1982 年 6 月。

〈「神思」小議〉，胡子遠等撰，《古代文學理論研究》第七
　　輯，1982 年 11 月。

〈《文心雕龍》的神思論〉，張少康撰，《文心雕龍學刊》第
　　四輯，1986 年 12 月。

〈釋「神思」〉，寇效信撰，《文心雕龍學刊》第五輯，1988
　　年 6 月。

〈《文心雕龍》中的靈感論〉，曹順慶撰，《文心雕龍研究論
　　文選》（下），1988 年 1 月。

《文心雕龍》〈體性〉篇
風 格 理 論 試 析

壹、前言

　　《文心雕龍》上、下二篇，分為十卷五十篇，上篇以上，明其綱領，下篇以下，顯其毛目。其中由卷六至卷九，〈神思〉以後十九篇，是劉勰所論之文學創作體系，〈序志〉篇載：

> 至於剖情析采，籠圈條貫，摛〈神〉〈性〉，圖〈風〉〈勢〉，苞〈會〉〈通〉，閱〈聲〉〈字〉。（卷十）

　　在分析文章的情理和辭采方面，劉勰是採取全面的觀照，而以條理貫串的重點方式加以說明，如鋪陳〈神思〉和〈體性〉，考慮〈風骨〉和〈定勢〉，同時包括〈附會〉和〈通變〉，研閱〈聲律〉和〈練字〉。整個文學創作的過程由想像構思而形成文體風格，然欲知決定風格的重要因素、文章風格的種類，及其與作家情性的關係和培養風格之方法，就必須對〈體性〉篇做深入的研究與探討，方能窺其堂奧，明其所以；而風格在文章形式的表現上有諸多層面，比如聲調、

辭藻、語態、氣勢等，因此在〈體性〉篇以下則有〈情采〉、
〈聲律〉、〈章句〉、〈麗辭〉、〈比興〉、〈夸飾〉、〈練字〉等篇
的論述。王更生有言：「劉勰在他的『文學創作論』十九篇
中，繼〈神思〉之後而設〈體性〉，是具有深刻意義的。」[1]
故以下試從《文心雕龍》〈體性〉篇，來探究劉勰所主張的
風格理論。

貳、「體性」之意義

「體性」一詞之意義，就一般而言是指「稟性」，如《商
君書・錯法》曰：「夫聖人之存體性，不可以易人。」又是
指「體悟真性」，如《莊子・天地》曰：「體性抱神，以遊世
俗之間者，汝將固驚邪？」然就另一方面而言，「體性」於
《文心雕龍》中則是一含意特殊的辭彙，據王更生《文心雕
龍讀本》〈體性〉篇「解題」云：「拿全書五十篇，用『體』
字構成的一百九十五個句式比較，除一般的句子不計外，僅
劉勰自述的專門性名詞，就有體式、體例、體裁、體性、體
指、體統、體勢、體製、體要、體物、體貌、體國等十二個
之多。這十二個專門名詞，由於前後承接的語句不同，各有
其特殊用法，不容混為一談。」[2]由此可知，《文心雕龍》中

---

[1]　王更生著：《文心雕龍選讀》(臺北：巨流圖書公司，1994 年 10 月)，
　　頁 207。
[2]　王更生著：《文心雕龍讀本》(臺北：文史哲出版社，1986 年 11 月)，

「體性」一詞的含意，不僅與一般所指的意義不同，而且所謂「體性」，在實質上，應是指「體」與「性」二者，由「體」與「性」的相互結合，構成「體性」一詞獨特的意義。

《文心雕龍》中的「體」字，有多種不同的含意，歷來學者多所論述[3]，現僅就〈體性〉篇中所提到的「體」字加以辨析，以明「體性」之「體」的正確意義：

　　體式雅鄭，鮮有反其習。（卷六）

此言體製法式的雅正或邪俗，很少有違反作者習業的，「體」，即指體製。

　　「若總其歸塗，則數窮八體。」
　　「若夫八體屢遷，功以學成。」
　　「八體雖殊，會通合數。」（卷六）

此言作品的風格，大致可分為八種；而八種風格欲靈活變通，必須靠後天的學習；又八種風格雖然不同，但要能融會貫通，契合情感的變化。「體」，即指作品風格。

　　是以賈生俊發，故文潔而體清。（卷六）

下篇，頁19。

[3]　陳兆秀著：《文心雕龍術語探析》，第三章「體」字之析解(臺北：文史哲出版社，1986年5月，頁89－116)；及廉永英撰：〈文心雕龍體義箋證〉（《女師專學報》第二期，1972年8月，頁189－201）。

　　此言賈誼個性俊逸奔放，故其文辭潔淨而風格清新。「體」，即指風格。

　　　摹體以定習，因性以練才。（卷六）

　　此言學者應摹擬雅正的體製，來決定寫作的習慣，因應天生的性情，來垂練才華。「體」，即指體製。

　　　才性異區，文體繁詭。（卷六）

　　此言才能、性格各不相同，文章體裁繁多詭雜。「體」，即指文章體裁。

　　綜上所述，〈體性〉篇中的「體」字，應是指文章之體裁、體製，亦即文章的風格而言。

　　另外，「體性」之「性」，劉勰並未特別加以闡述，但其為「體」字的承接語，須明其意義，方能正確掌握「體性」一詞的含意。〈體性〉篇載：

　　　「並情性所鑠，陶染所凝。」
　　　「吐納英華，莫非情性。」（卷六）

　　此言作家的才調、氣質，是由先天的情性所鎔鑄，而作家們從事寫作，亦和他天賦的情性密切相關。因此「體性」之「性」，就是指作家之情性，亦即天賦的本性。

　　是以「體性」一詞的意義，黃侃《文心雕龍札記》有很清楚的提示：

　　　體斥文章形狀，性謂人性氣有殊。緣性氣之殊，而所

　　為之文異狀。然性由天定，亦可以人力輔助之，是故
　　慎於所習。(〈體性〉第二十七)[4]

李曰剛《文心雕龍斠詮》亦曰：

　　體是文章之體裁，亦即文章之形態；性是作家之性
　　格，亦即作家之素養，作家之性格與文章之體裁相結
　　合，即構成文章之「體度風格」，傳統正名曰「文體」，
　　近代著述通稱曰「風格」。(〈體性〉第二十七)[5]

　　故「體性」，是文章的體製與作家之情性相聯繫，而構
成作品的風格；換言之，風格含括「體」、「性」兩者重要的
關鍵，方能形成完整的理論基礎。然劉勰不直言「風格」，
而以「體性」命名，乃欲使人推而求之，以明風格之成因，
其用心可知矣。

參、風格形成之因素

　　在「體」、「性」基礎的概念上，通過文學創作的過程，
〈體性〉篇統攝了文章風格形成的範疇，其於開端言：

---

[4]　黃侃著：《文心雕龍札記》(臺北：文史哲出版社，1973 年 6 月)，頁 96。
[5]　李曰剛著：《文心雕龍斠詮》(臺北：國立編譯館，1982 年 5 月)，下
　　編，頁 1190。

> 夫情動而言形，理發而文見，蓋沿隱以至顯，因內而
> 符外者也。（卷六）

「情」、「理」在內為隱，「言」、「文」於外為顯，劉勰
曰：「意授於思，言授於意。」（〈神思〉篇，卷六）、「情以
物遷，辭以情發。」（〈物色〉篇，卷十）、「夫綴文者情動而
辭發」（〈知音〉篇，卷十）者也。作家因情動、理發，而形
於言，見於文，使內心思想情感得以外現，並與外在事物，
符采相應。由此可知，作家的精神活動，是產生不同風格的
重要關鍵。又〈體性〉篇載：

> 然才有庸儁，氣有剛柔，學有淺深，習有雅鄭；並情
> 性所鑠，陶染所凝；是以筆區雲譎，文苑波詭者矣。
> 故辭理庸儁，莫能翻其才；風趣剛柔，寧或改其氣；
> 事義淺深，未聞乖其學；體式雅鄭，鮮有反其習；各
> 師成心，其異如面。（卷六）

此段標舉出的「才」、「氣」、「學」、「習」，是決定文章
風格形成的四個主要因素：
「才」，是指才調、才華，有平庸和俊美的差別。
「氣」，是指氣質、涵養，有陽剛和陰柔的區別。
「學」，是指學力、學識，有淺薄和深厚的不同。
「習」，是指習業、習染，有雅正與邪俗的分別。
致使作品之「辭理」、「風趣」、「事義」、「體式」等創作
上的特質，亦有「庸儁」、「剛柔」、「淺深」、「雅鄭」的差異。
雖然作品在創作風格上各有不同，但均不能「翻」、「改」、

「乖」、「反」作家之才、氣、學、習，亦即絕沒有作品的風格，是和作家才、氣、學、習背道而馳的。

才、氣、學、習四個因素，又可進一步的歸納為兩大類：一為內在的「才」、「氣」，此是先天的稟賦，所謂「情性所鑠」也。另一為外在的「學」、「習」，此是後天的素養，所謂「陶染所凝」也。雖劃分為兩大部分，但仍相互影響，彼此協調。

如對「才」（內在、先天）與「學」（外在、後天）之關係，劉勰於〈神思〉篇中主張「博學」與「練才」，提到「積學以儲寶」、「酌理以富才」（卷六），於〈事類〉篇亦曰：「才自內發，學以外成，……屬意立文，心與筆謀，才為盟主，學為輔佐；主佐合德，文采必霸。」（卷八），可見劉勰在重視天賦才華的同時，亦十分注重學問知識的作用。

又「氣」（內在、先天）與「習」（外在、後天）之關係，曹丕《典論‧論文》言：「文以氣為主，氣之清濁有體，不可力強而致。」因此，欲培養作家與眾不同的氣質內涵，必須靠社會環境和習尚，以及作家本身生活經驗的薰陶體悟，不是可一味強求的。故劉勰曰：「研閱以窮照，馴致以繹辭。」（〈神思〉篇，卷六），且〈養氣〉篇亦載：「吐納文藝，務在節宣，清和其心，調暢其氣，煩而即捨，勿使壅滯。」（卷九），是以文章的風格，在作家自身才、氣、學、習四個主要因素的影響下，由內而外，由外向內，循環往復，交相圓融，構成一完整的創作基礎，形成了「筆區雲譎，文苑波詭」，變化多端的藝術特色，然因作家「各師成心」，所以作品呈現的風格也就「其異如面」了。

肆、作品風格之類別

　　透過才華、氣質、學力以及習染，作家表現出「其異如面」，複雜多變的形式體貌，而劉勰從實際的創作中，分析彙整當時之作，把文章風格區別為八大類型，〈體性〉篇曰：

> 若總其歸塗，則數窮八體：一曰典雅，二曰遠奧，三曰精約，四曰顯附，五曰繁縟，六曰壯麗，七曰新奇，八曰輕靡。(卷六)

　　劉勰接著即以兩句四六句式，來詮釋說明此八體之特性：[6]

　　典雅者，「鎔式經誥，方軌儒門者也。」指鎔鑄經典，取法訓詁，合乎儒家傳統思想之典實雅正的作品。

　　遠奧者，「複采曲文，經理玄宗者也。」指文辭繁複，文意曲折，合乎玄學宗派之深遠隱奧的作品。

　　精約者，「覈字省句，剖析毫釐者也。」指用字精當，造句省簡，剖析入微之精粹簡約的作品。

　　顯附者，「辭直義暢，切理厭心者也。」指言辭質直，說理條暢，切合事理，滿足心靈之顯明比附的作品。

　　繁縟者，「博喻釀采，煒燁枝派者也。」指譬喻廣博，辭采釀郁，光彩絢麗，分枝別派之繁文縟采的作品。

---

[6]　「八體」特性之解釋分析，參考王更生《文心雕龍讀本》下篇，〈體性〉第二十七之「註釋」及「語釋」部份，同註 2，頁 24－28。

　　壯麗者，「高論宏裁，卓爍異采者也。」指議論高超，體制宏偉，卓越特異之雄壯瑰麗的作品。

　　新奇者，「擯古競今，危側趣詭者也。」指拋棄傳統，獨創新格，措辭險僻，旨趣詭異之鶖新好奇的作品。

　　輕靡者，「浮文弱植，縹緲附俗者也。」指文字浮華，根柢薄弱，飄忽不定，博取眾悅，隨聲附和之輕薄淫靡的作品。

　　「八體」之中，每一類風格的特性，劉勰都是以內容與形式兩方面來立論的，如：典雅，「鎔式經誥」是形式，「方軌儒門」是內容；遠奧，「複采曲文」是形式，「經理玄宗」是內容；精約，「覈字省句」是形式，「剖析毫釐」是內容；顯附，「辭直義暢」是形式，「切理厭心」是內容；繁縟，「博喻醲采」是形式，「煒燁枝派」是內容；壯麗，「高論宏裁」是形式，「卓爍異采」是內容；新奇，「擯古競今」是形式，「危側趣詭」是內容；輕靡，「浮文弱植」是形式，「縹緲附俗」是內容。[7]劉勰注意到以內容和形式的一致性，來論述風格的類型，舉凡有關文章內容與形式相互結合，而具有的種種特質，均兼容並包在此八體所概括的範圍之中，故曰：「文辭根葉，苑囿其中矣。」（〈體性〉篇，卷六）。

　　從另一個角度來看，可分析出八體之中，有就「思想觀點」方面立論的，有就「藝術修辭」方面探討的，亦有就「時代文風」方面述說的。如「典雅」與「遠奧」，分別指合乎

---

[7]　此論述參考周振甫著：《文心雕龍注釋》(臺北：里仁書局，1984 年 5 月)，頁 546。

儒家傳統思想和玄學宗派的作品，所以是就思想觀點來分類；又「精約」、「顯附」、「繁縟」及「壯麗」，是分別指用字、辭采、體制等風貌不同的作品，所以是就藝術修辭來區分；最後「新奇」和「輕靡」，是指擯棄古法、阿附世俗、標新立異的作品，所以這是就時代文風來歸類。

然八種不同的風格，又可進一步的分為兩兩相對的四組創作特質，〈體性〉篇載：

> 雅與奇反，奧與顯殊，繁與約舛，壯與輕乖。（卷六）

典雅與新奇是從「體式」方面而言，因此作品之風格是「雅」、「鄭」相反；遠奧與顯附是從「事義」方面而言，因此作品之風格有「淺」、「深」的不同；繁縟與精約是從「辭理」方面而言，因此作品之風格是「庸」、「儁」相背；壯麗與輕靡是從「風趣」方面而言，因此作品之風格是「剛」、「柔」乖異。由「體式」、「事義」、「辭理」、「風趣」等創作之特質，形成相反相異的風格，並與前述「才」、「氣」、「學」、「習」風格成因的主要關鍵相互呼應。

而劉勰論述八種風格的特質，語意中似有褒貶。其所貶抑的是「新奇」、「輕靡」二者，然劉勰並不是一味籠統的反對新奇，其所反對的，應是「擯古競今，危側趣詭」（〈體性〉篇，卷六），「儷采百字之偶，爭價一句之奇」（〈明詩〉篇，卷二），以及所謂的「效奇之法，必顛倒文句，上字而抑下，中辭而出外，回互不常，則新色耳。」（〈定勢〉篇，卷六）等無意義的競新好奇；但對於「鎔鑄經典之範，翔集子史之

術，洞曉情變，曲昭文體，然後能孚甲新意，雕畫奇辭。」（〈風骨〉篇，卷六）的新奇之作，卻是極力贊揚的，如此文章風格則能「意新而不亂」、「辭奇而不黷」（〈風骨〉篇，卷六）。又劉勰認為「輕靡」是「浮文弱植，縹緲附俗」，他不欣賞六朝以來「飾羽尚畫，文繡鞶帨」（〈序志〉篇，卷十）的文風，字裏行間，隱含了針砭時弊的作用。另外劉勰將「典雅」列為八體之首，足見其對「典雅」風格的重視，而於《文心雕龍》其他篇章中，亦特別強調「典雅」的文風，如：「然則聖文之雅麗，固銜華而佩實者也」（〈徵聖〉篇，卷一）、「若夫四體正言，則雅潤為本」（〈明詩〉篇，卷二）、「研夫孟荀所述，理懿而辭雅」（〈諸子〉篇，卷四）、「章、表、奏、議，則準的乎典雅」（〈定勢〉篇，卷六），可見聖人之文，孟荀所述，雅而且麗；四言正體，章、表、奏、議，亦以典雅為準的，所以「鎔式經誥，方軌儒門」的「典雅」風格，是和《文心雕龍》全書的「徵聖思想」及「宗經思想」相一致的。

伍、風格與情性之關係

文章的風格，並不是一成不變的，且人之為文，難拘於一體，所以除了極端相反的風格外，類多錯綜，變異頗多，劉勰認為此種現象，是源於作家情性的不同。〈體性〉篇載：

若夫八體屢遷，功以學成；才力居中，肇自血氣，氣

以實志，志以定言，吐納英華，莫非情性。（卷六）

劉勰分析，此八種基本的風格能交相融會，變通互用，是由於學習的結果，然內在居中之主要者則為「才力」，〈事類〉篇言：「文章由學，能在天資。才自內發，學以外成。」（卷八），才力居於內，肇始於血氣，而天賦的血氣，可以充實情志，而充實的情志，可用以確定言辭，即所謂「辭為肌膚，志實骨髓」也（〈體性〉篇，卷六）。因此「吐納英華」為文寫作，莫不受作家先天稟賦之情性所影響。

然因作家才氣不一，風格體貌亦各異，故劉勰乃廣徵前代十二位作家為例：

> 是以賈生俊發，故文潔而體清；長卿傲誕，故理侈而辭溢；子政簡易，故趣昭而事博；子雲沈寂，故志隱而味深；孟堅雅懿，故裁密而思靡；平子淹通，故慮周而藻密，仲宣躁競，故穎出而才果，公幹氣褊，故言壯而情駭；嗣宗俶儻，故響逸而調遠；叔夜儁俠，故興高而采烈；安仁輕敏，故鋒發而韻流；士衡矜重，故情繁而辭隱。（〈體性〉篇，卷六）

考證作家本傳，及《文心雕龍》其他篇章所述[8]，劉勰所說的十二位作家內在情性的特點，與其外在風格的特色，

---

8 王更生《文心雕龍讀本》下篇，〈體性〉第二十七，同注2；及李曰剛《文心雕龍斠詮》下編，〈體性〉第二十七，同注5，對此有詳細的注釋，茲不贅言。

是十分契合的，所謂「才氣內蘊，文辭外發」也。但清代紀曉嵐對此卻不以為然，其評曰：「此亦約略大概言之，不必皆確。百世以下，何由得其性情，人與文絕不類者，況又不知其幾邪？」紀氏之言，是情之偽，而非常理；《孟子·公孫丑篇》載：「詖辭知其所蔽，淫辭知其所陷，邪辭知其所離，遁辭知其所窮。」又李曰剛《文心雕龍斠詮》云：「言為心聲，文章與其人之才氣，理難背馳，放蕩其行，亦未有能謹重其文者也。」[9]因此自古以來「文如其人」的論斷，絕非率爾之言。由此「觸類以推」，其他作家天賦的情性和作品之風格特質，也定是「表裏必符」。

　　另外值得注意的一點是，劉勰並未將這十二位作家不同的風格，歸於八體之中，因其前有言「八體屢遷」，一作品之內，可能兼容了數種基本風格的特性，或典而且麗，或奧而且壯，或繁而兼麗，或密而能雅；不同的才性，就有不同的風格，所謂「才性異區，文體繁詭」（〈體性〉篇，卷六）者也，同時這也說明了「自然之恆資，才氣之大略」矣（〈體性〉篇，卷六）！

陸、培養風格之方法

　　一篇文章經由先天才氣之鎔鑄，與後天學習之陶染，所

9　同注5，頁1192。

呈現出的風格具有不可替代的獨特性，但此風格境界的形成，並不是一蹴可幾的。〈體性〉篇中提出了培養風格之道：

> 夫才由天資，學慎始習，斲梓染絲，功在初化，器成綵定，難可翻移。故童子雕琢，必先雅製，沿根討葉，思轉自圓。（卷六）

　　劉勰在天賦資質的論點上，提出了「學慎始習」的觀念，黃侃《文心雕龍札記》曰：「性非可力致，而為學則在人。雖才性有偏，可用學習以相補救。」[10]因此學習可以彌補才氣之不足，但學習過程的重要原則乃在於「始習」的階段，劉勰以「木工製器」及「匠人染絲」為例，然是成是敗，端視初始時所下的功夫，而人之為學亦同。故劉勰強調，童子習業，必先從雅正之作入手，沿著內容本根，探索寫作技巧，如此思理自能靈活圓暢，得心應手，否則若當其「器成綵定」之際，即「難可翻移」矣！
　　從上述可知培養風格的方法，大旨側重在學習，《禮記・學記》曰：「君子之於學也，藏焉，脩焉，息焉，游焉。」如此學習的結果，我們將可發現：

> 八體雖殊，會通合數，得其環中，則輻輳相成。（〈體性〉篇，卷六）

　　八種基本風格類型雖然不同，但只要能領悟其中的訣

---

[10]　同注4，頁101。

窮，則多種不同的風格是可以組合會通的，所謂「習亦凝真，功沿漸靡」也（〈體性〉篇，卷六）。最後劉勰總結出學習文章風格的兩大方針：一為「摹體以定習」，指學習應摹擬高尚雅正的體製，來決定寫作的習性；另一為「因性以練才」，指順應情性之所近，來鍛鍊才能。故學習文章，創作風格，去此之外，別無他途。

柒、結語

〈體性〉篇是《文心雕龍》中探討文章風格實質問題的專篇，篇中有若干獨到之見，在我國文學風格論上，具有非常的意義：

一明揭才、氣、學、習為決定風格形成的主要因素，強調作家本質與風格的關係，而至宋代之風格理論，大體亦從才、性、氣、質立論，來闡述風格特徵，與劉勰之論點一脈相承。

另一劉勰將文章風格析為：典雅、遠奧、精約、顯附、繁縟、壯麗、新奇、輕靡等八種類型，結合了作品之內容和形式，達到和諧統一的完整性，可說是自曹丕《典論》與陸機《文賦》以下，真正有組織、有邏輯，具有一定體系的風格理論，而繼其之後有：皎然《詩式》辨體一十九字，日本空海《文鏡秘府論》之「論體」六種，及司空圖二十四《詩品》等，他們所強調作品藝術形式特徵的風格概念，雖與劉

勰所論之風格已略有差異，但仍是本〈體性〉之論推衍而出，故劉勰對中國文學風格理論，承先啟後的功勞是值得肯定的。

【主要參考資料】

一、書籍

《文心雕龍札記》，黃侃著，臺北：文史哲出版社，1973 年
　　6 月再版。

《文心雕龍斠詮》（上、下編），李曰剛著，臺北：國立編譯
　　館，1982 年 5 月版。

《文心雕龍注釋》，周振甫著，臺北：里仁書局，1984 年 5
　　月版。

《文心雕龍研究》，王更生著，臺北：文史哲出版社，1984
　　年 10 月增訂版。

《文心雕龍讀本》（上、下篇），王更生注釋，臺北：文史哲
　　出版社，1985 年 3 月初版。

《文心雕龍術語探析》，陳兆秀著，臺北：文史哲出版社，
　　1986 年 5 月初版。

《文心雕龍臆說》，陳思苓著，成都：巴蜀書社，1988 年 6
　　月第一版。

《文心雕龍新論》，王更生著，臺北：文史哲出版社，1991
　　年 5 月初版。

《文心雕龍解說》，祖保泉著，合肥：安徽教育出版社，1993
　　年 5 月第一版。

《文心雕龍的風格學》，詹瑛著，臺北：正中書局，1994年
　　4月臺初板。

《文心雕龍選讀》，王更生著，臺北：巨流圖書公司，1994
　　年10月一版。

《中國古代文學理論的秘寶》──《文心雕龍》，王更生著，
　　臺北：黎明文化事業公司，1995年7月初版。

二、期刊論文

〈《文心雕龍・體性篇》「八體」辨析〉，張可禮撰，《文心雕
　　龍學刊》第一輯，1983年7月。

〈《文心雕龍》的體性論〉，張少康撰，《文心雕龍學刊》第
　　二輯，1984年6月。

〈劉勰的風格論〉，吳調公撰，《文心雕龍研究論文選》（下），
　　1988年1月。

〈劉勰的風格論芻議〉，穆克宏撰，《文心雕龍研究論文選》
　　（下），1988年1月。

〈《文心雕龍》「典雅」考釋〉，詹福瑞撰，《古代文學理論研
　　究》第十五輯，1991年10月。

吳曾祺《涵芬樓文談》試析——
論為學作文之基本工夫

壹、前言

　　我國古代文學理論之萌芽，始於先秦時代，此時已有不少較為深刻具有原則性的文學見解，如《尚書・舜典》：「詩言志，歌永言，聲依永，律和聲。」《論語・陽貨》：「詩可以興，可以觀，可以群，可以怨。」《禮記・表記》：「情欲信，辭欲巧。」等，雖只是零星片段的資料，尚未有完整的篇章，但對後世之文論卻有重大的啟發與影響；兩漢時代則出現了專篇的文學論文，如衛宏〈毛詩序〉、班固《漢書・藝文志》之〈詩賦略〉、王逸〈楚辭章句序〉等；及至魏、晉、南北朝迨劉勰《文心雕龍》出，體大慮周，籠罩群言，中國文學之理論體系始大備矣；而後唐、宋人之論文，以古聖先賢的著作及思想為準，強調為道而作文的復古主張，如李漢序《韓昌黎集》云：「文者貫道之器也」，周敦頤《通書》云：「文所以載道也」；而明代受理學之影響，文人亦多主學古；清代論文則考據、義理、詞章三者合一，可謂為集大成者。

147

　　郭紹虞《中國文學批評史》曾就文學批評本身之演進，將中國文學批評分為三個時期（上卷、第一篇）：

（一）文學觀念演進期

　　自周、秦以迄南北朝，為文學觀念演進期。批評風氣偏於文，重在形式。

（二）文學觀念復古期

　　自隋、唐以迄北宋，為文學觀念復古期。批評風氣偏於質，重在內容。

（三）文學批評完成期

　　南宋、金、元以後直至現代，庶幾成為文學批評之完成期。一方面完成一種極端偏向的理論，一方面又能善於調劑融合種種不同的理論而匯於一，以集其大成。由質言，較以前為精確、為完備；由量言，亦較以前為豐富、為普遍。

　　故今擬以文學批評之演進為基礎，而以近代文論為對象，擴大文學理論之研究範疇。然近代之文論有劉師培《漢魏六朝專家文研究》、姚永樸《文學研究法》，以及吳曾祺《涵芬樓文談》等，其中劉氏或偏於一時代之論，姚氏則專就文學本體而論，均不似吳氏以其生平所得，言為學之要與作文之法，而對整個文學思想有較為全面的闡述。因此以下將針對《涵芬樓文談》做進一步探討，由全書之綜論，明其梗概；由其中所論為學作文之基本工夫，明其承襲因革與變化創新之跡。

貳、《涵芬樓文談》全書綜論

在探究《涵芬樓文談》內容與理論之前，須先對作者及全書做一全面觀照，方能窺其堂奧，故以下分為三方面論述之：

一、作者簡介

《涵芬樓文談》作者吳曾祺，其生平事略，史傳中未見記載，學者亦鮮有論述，故僅能從其文集自述中探尋蛛絲馬跡，加以整理歸納。

吳曾祺字翼亭（一作翊亭），侯官人（故治在今福建省閩侯縣），以「漪香山館」名其齋舍，其生卒之年，未有確切之記載，然其於〈亡弟怡亭誄〉中提到：

> 嗚呼吾弟怡亭沒矣。怡亭之沒，以甲子正月十一日，去其生咸豐癸丑十一月某，蓋七十有二年矣。……余長怡亭一歲，嘗戲語怡亭，汝終當一日哭我，今余乃反哭怡亭也。

於此可斷定吳曾祺應生於清文宗咸豐二年（西元一八五二年），享年至少七十有三歲，至民國十四年（西元一九二五年）尚在人世。

吳曾祺自幼家貧，其父一歲館穀所入，不足以支數月之糧，其母賢德，乃治女紅補貼生活之需，然未嘗有幾微不自

得之意，家庭和樂，父母慈愛，使曾祺感念不忘，其於〈考府君事略〉云：

> 府君於時在化民營傭屋以居，每夕一燈熒然，府君端坐課曾祺學識字，太孺人操針黹坐於側，曾祺或不肯讀，太孺人輒出餅啖之，及今思之，忽忽昨日事也。曾祺生六年，太孺人棄養，府君自是不復娶，惟出入必攜曾祺與偕。曾祺稍長，五經粗畢，乃課之讀《文選》，每借善本，抄錄一過，字畫端好，今其冊猶存篋中，愛曾祺殊甚，偶背誦時，或字句脫落，未嘗加以夾夏楚，惟令再讀而已。

孺慕之思，溢於言表，令人動容。曾祺自三、四歲時，即從叔父少永受學；七、八歲時，獲謁同里陳鷇如先生，後入學堂，從鄭虞臣先生學。十五歲時，聘同里楊氏女為妻，並以默寫《文選》受知於曹朗川學使，補博士弟子員。二十五歲，光緒丙子（二年）科獲雋，與其父同登賢書（鄉試中舉）[1]。

曾祺曩授徒里中，光緒末曾客游滬上（即上海），五、六年始歸，其間寓居於惲園，〈涵芬樓古今文鈔敘〉曰：

> 園之左有涵芬樓，為度藏古今圖籍之所，舊笈秘文，

---

[1] 吳曾祺〈考府君事略〉云：「越歲侍府君一與計偕，既報罷，即不復至京師，至五十四卒於家，太孺人先府君二十四年卒，年三十三與府君附葬先王父墳內。」曾祺六歲喪母，由此可推知，其三十歲時，父親去世，而其父鄉試中舉人之時，應在四十九歲前後。

儲留尚富，余既駑蹇無用於世，日以文史自娛，興之所至，恣意漁獵。

涵芬樓以機構組織之力，旁搜遠紹，取精用宏，收藏最富，曾祺因得地利之便，以深厚之學養，於宣統二年（西元一九一○年）正月、六月、十月前後，次第完成《涵芬樓古今文鈔》[2]、《漪香山館文集》[3]及《涵芬樓文談》等重要著作[4]。曾祺一生，讀經講學，著書立說，雖無顯赫之功，但從其著作中，可知其文學理念，明瞭中國文論之發展趨勢，故對吳曾祺其人、其書之研究，是有其必要性的。

二、著述體例

《涵芬樓文談》一書，為吳曾祺於滬上懌園所作，完成於清宣統二年（西元一九一○年），宣統三年出版，而今可見之版本，為民國五十五年臺灣商務印書館人人文庫所刊印，在此之前已刊行十三版，書前有「十三版聲明」曰：

本書初版在前清宣統三年，故「清」字均作「國朝」

---

[2] 《涵芬樓古今文鈔》，一百卷，民國三年上海商務印書館鉛印本，現藏於國立臺灣大學文學院聯合圖書館，及私立東海大學圖書館特藏室。

[3] 《漪香山館文集》二集，不分卷，民國二十四年至二十五年上海商務印書館鉛印本，現藏於國立臺灣大學總圖書館。

[4] 吳曾祺著作繁多，尚有《涵芬樓古今文鈔簡編》、《國語韋解補正》、《歷代名人書札》、《禮記菁華錄》等，然恐卷帙龐雜，故不一一備載，可查閱《臺灣公藏普通本線裝書目》，即可知吳氏所著各書之版本，及其現藏之處。

　　字樣，今應一律改為「清」字；又「純廟」二字應改
為「清高宗」字樣，特此聲明。

　　《涵芬樓文談》全書不分卷，自第一至四十，共分為四
十類主題[5]，每一題下或以一篇、或二篇、或三篇之辭章來
申明題旨，論述文意[6]，共有六十餘篇，凡二萬數千言，自
古文章義法，略具其中，而不及詳者，則入於「雜說」，共
三十五則。書後附《文體芻言》一卷，論述各類文體之特徵，
區別為十三大類[7]，每一類又分為若干子目，頗有參考價值。

---

[5]　《涵芬樓文談》四十篇目為：〈宗經〉第一、〈治史〉第二、〈讀子〉第
　　三、〈誦騷〉第四、〈研許〉第五、〈辨體〉第六、〈闢派〉第七、〈明法〉
　　第八、〈養氣〉第九、〈儲才〉第十、〈命意〉第十一、〈脩辭〉第十二、
　　〈切響〉第十三、〈鍊字〉第十四、〈運筆〉第十五、〈仿古〉第十六、
　　〈核實〉第十七、〈稱量〉第十八、〈設喻〉第十九、〈徵故〉第二十、
　　〈省文〉第二十一、〈適機〉第二十二、〈存疑〉第二十三、〈詳載〉第
　　二十四、〈寓諷〉第二十五、〈入理〉第二十六、〈切情〉第二十七、〈涉
　　趣〉第二十八、〈因習〉第二十九、〈寫景〉第三十、〈狀物〉第三十一、
　　〈傳神〉第三十二、〈稱謂〉第三十三、〈含蓄〉第三十四、〈互異〉第
　　三十五、〈從今〉第三十六、〈割愛〉第三十七、〈屬對〉第三十八、〈設
　　問〉第三十九、〈欣賞〉第四十。

[6]　《涵芬樓文談》四十篇目中：〈宗經〉、〈讀子〉、〈誦騷〉、〈研許〉、〈辨
　　體〉、〈養氣〉、〈儲才〉、〈命意〉、〈脩辭〉、〈切響〉、〈鍊字〉、〈仿古〉、
　　〈存疑〉、〈入理〉、〈切情〉、〈從今〉等十六類，以二篇辭章論之。
　　〈治史〉、〈運筆〉、〈稱謂〉等三類，以三篇辭章論之。
　　其餘二十一類，則均以一篇論之。

[7]　十三類文體為：論辨、序跋、奏議、書牘、贈序、詔令、傳狀、碑誌、
　　雜記、箴銘、頌贊、辭賦、哀祭等，此乃仿桐城姚氏之法。

三、著書原因

吳曾祺著《涵芬樓文談》之動機因由，可從其自敘中歸納出主要兩點：

（一）答諸生之問

曾祺年未弱冠，即好為古文辭，取古人之作而縱讀之，嘗輯《涵芬樓古今文鈔》百卷，全書分類按年編排，自上古至晚清同治、光緒年間文章，均有選錄，約九千篇；又為《文體芻言》一卷，列諸卷首，頗為海內通俗碩彥所重，而以書問往來，請示作文之法者，絡繹不絕；因此曾祺暇日無事，及就生平所得，筆之於編，成《涵芬樓文談》。

（二）成一家之言

吳曾祺認為劉勰《文心雕龍》一書，極論文章之祕識，因此《涵芬樓文談》全書主體架構，則以《文心雕龍》為本[8]，而文中立論亦往往徵引《文心雕龍》篇章作為依據[9]。然

---

[8] 《涵芬樓文談》〈宗經〉第一至〈研許〉第五，屬「文學本原論」；〈辨體〉第六以下至〈設問〉第三十九，屬「文學創作論」；〈欣賞〉第四十屬「文學批評論」，附論《文體芻言》則可屬「文學體裁論」，與《文心雕龍》全書結構相類。

[9] 《涵芬樓文談》〈設喻〉第十九：「劉彥和所謂：『物雖胡越，合則肝膽』，可謂善言設喻之用也已。」（引自《文心雕龍》〈比興〉篇，卷八）。又〈適機〉第二十二：「然又必方寸之間，空靈四照，故能機來而與之應，此則劉彥和謂：『陶鈞文思，貴在寧（虛）靜』。」（引自《文心雕龍》〈神思〉篇，卷六）等。

顧劉勰生齊、梁之世，駢儷盛行，故書中所述，亦於是加詳焉，可見曾祺不喜六朝駢儷之文，其於〈脩辭〉篇言：

> 脩辭之道，在質而不枯，華而不縟，深而不晦，淺而不俗，輕而不浮，重而不滯，巧而不纖，拙而不鈍，博而不雜，簡而不陋，奇而不詭，正而不腐，此其大較也。

曾祺並認為不須一味學古，甚至為古所泥，不妨有自我作古之意，而唐、宋以來，韓愈造語最正，因其善用生語也。

然韓愈論文以氣為主，故百年來風氣為之一變，學者翕然宗之，雖有一二能文之士，名言奧論，洞合元契，而語焉不詳，曾祺深以為憾，故於〈入理〉篇強調，為文須有所以然之理，貫乎其中。曾祺曰：

> 善為文者，於人人之所能言者，一筆勾除，而冥然長想，或遲之累日而不得其隙，一旦乘間而入，便可以揮灑自如，而窮吾才力之所至，一篇中能得此種文字百餘言，便足以雄視一世。

由此可知曾祺為文注意形式，亦重內容，與桐城派之祖方苞所標舉之「義法」論，強調內容與形式的統一，有其共同性，然曾祺並不沾沾以桐城派自閾，於〈入理〉篇後，即有〈切情〉之作，所謂「情動而言形，理發而文見。」（《文心雕龍》〈體性〉篇，卷六），體會出寓情於文，乃是存乎才、學、識之外的天下至文，而卓然自成一家之言。

參、《涵芬樓文談》論為學作文之基本工夫

　　《涵芬樓文談》可大別為兩部分：前十篇所論，應屬於自身修業之基礎；後三十篇，則是具體陳述為文之道、寫作之法。然作文技巧之運用，與寫作方法之掌握，是不能一蹴而幾的，故於下將以《涵芬樓文談》前五篇為主要探討對象，其後五篇為輔，相互參酌，以博練之力，論為學作文之基本工夫，並以此打開為文大道之鎖鑰，做為成就功業之原動力。

　　劉勰《文心雕龍》〈神思〉篇論陶鈞文思之法，首標「積學儲寶」，吳曾祺《涵芬樓文談》前五篇：〈宗經〉、〈治史〉、〈讀子〉、〈誦騷〉、〈研許〉等，即標舉出累積學問，充實知識之要項，而從經、史、子、集、小學等五方面來立論，茲按其所列，分述於下：

一、宗經

　　《文心雕龍》〈宗經〉篇曰：「三極彝訓，其書曰經。經也者，恆久之至道，不刊之鴻教也。」（卷一），所以「經」是先儒傳道的典訓，可作為人們思想行為的準則，以及寫作行文的規範；而《涵芬樓文談》首章即標明「學文之道，首先宗經。」（〈宗經〉第一），析其要義，其法有二：

（一）效先賢，去蔽障

　　曾祺列舉了漢代董仲舒、司馬遷、揚雄、劉向、班固，

唐代韓愈、柳宗元，宋代歐陽修、三蘇父子及曾鞏等人，言其生平所得皆習於經，蓋未有離經而能自立者。並告誡學子，不知務本研經，卻以僻書逸典譁眾取寵，是舍本逐末，然本之不固，而求枝葉之茂，天下無是理也。故自身必先除其蔽障，以先賢尊經之精神為法，涵詠典籍，則自無偏駁不純之蔽。

（二）審輕重，別大小

清代乾隆、嘉慶年間考據之學盛行，凡研究經籍，均著重於字義及名物制度的考核辨證，然其辨難之語，有時動輒數千言，但所為之文卻遠不及古，而曾祺認為今人文章之所以不如古人，乃是因為：

> 古人讀書之法，貴能得其大意，至於一名一物之疏，不害其為明通之識。（《涵芬樓文談》〈宗經〉第一）

蓋字句之訓詁，名實之考證，為文所不可棄，但卻不能以字害文，以文害義。自桐城姚鼐出，以古文提示後學，始屏去考據之業。曾祺《涵芬樓文談》〈儲才〉第十曰：

> 行文者，惟有所棄，而後能有所取，所取愈廣，則其所棄亦愈多，故精華既集，則糟粕自除。

因此於操觚搦管之時，應權衡孰輕孰重，明其大小之別，校覈群經，不惑於空談，所謂「夫心以涵而始靈，氣以斂而始盛。」（《涵芬樓文談》〈宗經〉第一），如此方能探其義理，呼應頓挫之文。

二、治史

《文心雕龍》〈史傳〉篇曰：「開闢草昧，歲紀綿邈，居今識古，其載籍乎？」（卷四），史籍中記載著歷代的興亡、盛衰、得失，故曾祺明言須治史以積理，而可與文章之事者也，其論有三：

（一）身在其中，識以及之

史傳之作，縱橫千古，被之千載，王霸之跡，顯赫之功與天地並生，日月共存，故人於俯仰之間，識見乃廣，因而胸次為之廓然，氣度亦因之而恢宏，曾祺有言：

> 文之大者，自宜以識為主。……蓋凡事可襲而為，惟識不可強。（《涵芬樓文談》〈治史〉第二）

所以文人須瞭解史事，若史事不明，則猶與士大夫談農商之事也，身不在其中，又遑論有識？而為文又如何能成其大耶！

（二）通人立論，律以持平

說理之文，為能徵信於人，必取古事以實之，然論古為事，須明其前因，知其後果，萬不可為求標新立異，而顛倒是非，曾祺《涵芬樓文談》〈明法〉第八，則詳言論文敘事之要領：

> 大抵論事之文，有案語、斷語、證語、難語諸法，所

以反覆伸辨，以求立說之安；敘事之文，有追敘、補
敘、類敘、插敘諸法，所以布置合宜，以見用神之暇，
此其大較也。總而言之，法之所在，守其常不可不知
其變，明其一不可不會其通。

故讀史、論史須守常知變，明一會通，方能公正持平，
其關係之重大，影響之久遠，則誠如劉勰所言：「世歷斯編，
善惡偕總。騰褒裁貶，萬古魂動。」（《文心雕龍》〈史傳〉
篇，卷四），因此治史立說，焉可不慎。

（三）擇史涵泳，驗取脈絡

史傳記事纂言，卷帙浩繁，二十四史，或難以卒讀，曾
祺乃言，可擇其中的四史讀之，即司馬遷《史記》、班固《漢
書》、范曄《後漢書》及歐陽修《五代史》等，然而若力仍
有未逮，則可再於此四史中，選取數十篇或十餘篇，涵泳玩
繹。曾祺又云：

今之坊本，往往於每篇之中，去其首尾，專留中間一
段，謂為精華在是，而讀者茫然，前不知其所承，後
不得其所止，譬如混沌一物，而五官百體皆不具。（《涵
芬樓文談》〈治史〉第二）

蓋讀史切忌截頭去尾，斷章取義，須驗其脈絡，審其筋
節，方能神與古會，鑑往知來，而通古今之變矣。

三、讀子

王充《論衡》曰：「知屋漏者在宇下，知政失者在草野，知經誤者在諸子。秦雖無道，不燔諸子，諸子尺書，文篇具在。」故子之為書，可以輔經訓之所不逮，可觀讀以正其說；而諸子之書，其文精語華采，其勢開闔跌宕，當是文章家之淵藪，因此曾祺於〈讀子〉篇中提出讀子之法：

（一）明派別，究指歸

諸子百家，以其所長，各引一端，而曾祺以為讀諸子之書，應於司馬談〈論六家要旨〉中取法之，以類相從，立其綱領。《涵芬樓文談》〈闢派〉第七曰：

> 古來文人，必有其生平得力之處。……如韓文公之得力太史公，柳子厚之得力屈《騷》，歐陽永叔之得力昌黎，蘇明允之得力孟子，東坡之得力莊子，曾子固之得力劉更生。然此數子者，各自成一家言，非如為人子孫者，自述其先人勳閥以自大也，固未嘗有派之名。

夫文家崇諸子之善，雖無派之名，然循其脈絡流裔，儼有派之跡也；而旁通曲證，萬不可牽強附會，強異為同。曾祺認為諸子群書，有其宗旨所在，須通體觀照，虛心體認，行以為文，方能明其佳處，令人反覆誦讀而不厭，知其利弊，使人前後逢源而無限。

（二）剔其非，辨真偽

　　諸子著述，流派眾多，學說駁雜，體例不一，其中雖不乏有真知卓見、匠心獨運之作，但亦有虛妄不實、荒誕不經之言，故徵引諸子，議論之間，須反覆玩味，辨其真偽，剔其非，取其是，慎思明辨，自可無疏忽紕繆之失。曾祺曰：

> 蓋讀經者如餐稻粱黍稷，其性平和，故嘗有益於身體。讀子則如調劑方藥以療百病，時能活人者，亦時能害人。（《涵芬樓文談》〈讀子〉第三）

　　曾祺以經書、子書相較，用稻粱黍稷及調劑方藥為喻，來彰顯子書剔其非、辨真偽的重要性；而劉勰《文心雕龍》〈諸子〉篇更提示後人研究諸子應有之態度：「然洽聞之士，宜撮綱要，覽華而食實，棄邪而操正，極睇參差，亦學家之壯觀也。」（卷四），所言甚是，學子宜細審之。

四、誦騷

　　《四庫全書總目提要》「楚辭章句」載：「初劉向裒集屈原〈離騷〉、〈九歌〉、〈天問〉、〈九章〉、〈遠遊〉、〈卜居〉、〈漁父〉，宋玉〈九辨〉、〈招魂〉，景差〈大招〉，而以賈誼〈惜誓〉、淮南小山〈招隱士〉，東方朔〈七諫〉，嚴忌〈哀時命〉，王褒〈九懷〉及向所作〈九嘆〉，共為《楚辭》十六篇，是為總集之祖。」[10]太史公司馬遷對其之評價為：「其文約，其

---

[10] 清・永瑢、紀昀等撰：《四庫全書總目提要》（臺北：臺灣商務印書館，1983 年 10 月），卷一八四，頁 3－4。

辭微,其志潔,其行廉;其稱文小而指極大,舉類邇而見義遠。」(《史記》〈屈原賈生列傳〉)。然《楚辭》之作,亦是《詩經》過渡到漢賦之橋樑,因此在中國文學史的發展上,居於重要樞紐,故曾祺特以〈誦騷〉一篇,闡其要旨:

(一)探本溯源創新體

《楚辭》乃文人以楚地特有的音律、詞彙、事物,藉以抒發個人情感的詩歌;句法參差錯落,詞藻華美,大量運用語助詞「兮」字,以寫其憂鬱悲憤之情,猶風雅之變也。曾祺言:

> 為詞章之學者,溯其淵源所自,莫古於《騷》,《騷》者出於風雅之遺,而抑揚反覆以盡其變,其體製遂與詩不同。(《涵芬樓文談》〈誦騷〉第四)

此新興之體,經過漢代賈誼、東方朔等摹擬仿作,使漢代之辭賦盛極一時,而後推衍述作,怪誕詭譎,至小說家出,再創新體。是以正如王更生《文心雕龍》〈辨騷〉篇「解題」所言:「屈原的作品,是上承《詩經》,下開漢賦的轉關。如果沒有它,『中國文學』就失去了發展的媒體,很難突破風、雅的枷鎖,創發新生的契機。」[11]故而曾祺主張,為學作文當誦騷體。

---

[11] 王更生著:《文心雕龍讀本》(臺北:文史哲出版社,1985 年 3 月),上篇,頁 63。

（二）行文養氣不偏執

　　從漢、魏至南北朝，賦體漸盛，洎唐中葉，韓愈、柳宗元出，於是文有駢體、散體之分，曾祺強調議論敘事之為古文，銘誄頌贊亦為古文，二者不可偏廢，而為文之道，莫不以氣為主，其曰：

> 故人當少時，不獨《楚辭》當讀，必取秦、漢之文數十篇，朝夕諷誦，使吾之神明意象，日與之習，久而自化。（《涵芬樓文談》〈誦騷〉第四）

　　然曾祺並不以專讀秦、漢之文為限，而認為唐、宋之文亦不可不讀，其於《涵芬樓文談》〈養氣〉第九曰：

> 取資於學以補其所不逮，則善用其所長，而不見困於所短。

　　由此很顯然的可以瞭解，曾祺的文論思想，是總結了唐、宋古文運動與明、清之際秦漢派和唐宋派的爭執，並特別提示學子，養氣、用氣亦不可極端偏執：

> 用氣如用力，有十分者，祇可用到八九分，須在在留其有餘，則可以旋轉而不竭。（《涵芬樓文談》〈養氣〉第九）

五、研許

　　曾祺生平治許書甚精，有多篇相關著述傳世[12]，其父吳种生平亦最喜浼長許氏之學，著有《說文字音考證》藏於家，可謂家學淵源，而曾祺認為研究《說文》之所以必要，其因有二：

（一）作文宜先識字

　　識字為一切學問的基礎，所有文章，均由字而生句，積句而為章，積章而成篇，若不明用字之法，只知承襲前人所論，拾人牙慧，如何能探求文章精義，駕馭文字耶？是以曾祺言：

> 文章一道，必從治六書始，未有聲音故訓不明，而能精於其事者，漢人司馬相如、揚雄，為文章之盛，然皆熟於蒼雅之學，今其書尚在，可考而知也。（《漪香山館文集》〈王晉之文集敘〉）

　　故講古文、作文章，應以探究許氏《說文》為宗，而後《方言》、《廣雅》、《玉篇》、《釋名》諸書，亦應次第涉獵，而以此推究六經，作為解說文字闡述經書義理之依據。

（二）作文不用僻字

　　漢賦諸家，精通小學，所為賦文，奇字僻句堆砌滿紙，

---

[12] 吳曾祺《漪香山館文集》（初集）收錄有：〈說文暢不生也說〉、〈說文賢多才也說〉、〈說文衣象覆二人之形說〉、〈說文圜天體也圜規也圓圈全也說〉等篇。

致使讀者若無老師教導，則不能析其辭；若無廣博學問，則不能綜其理。然今人不知文字難澀之弊，卻希冀效法以求聞達，則必徒勞而無功矣。曾祺曰：

> 蓋文章境界無窮，其脫去陳因之法，亦甚多端，今人或自見其才力之不逮，而思以僻澀之語勝人，而無知者亦易為所震，不知此乃文之惡障，非可語於知道者也。(《涵芬樓文談》〈研許〉第五)

故作文不可用冷僻生字，須就字之本義、假借之義、反訓之義，一一審視疏通，則搦筆為文之時，方不至捉襟見肘，而可旁徵博引，取用不竭也。

肆、結語

綜論《涵芬樓文談》為學作文之基本工夫，即在於「博學」與「練才」。蓋讀書寫作不可以無學，故吳曾祺由〈宗經〉、〈治史〉、〈讀子〉、〈誦騷〉、〈研許〉等篇，示人為學之道，範圍涵蓋經、史、子、集、小學，以成其廣、成其博；又鍛鍊才力，須蓄之於平日，而不能取之於臨時，因此〈辨體〉、〈闡派〉、〈明法〉、〈養氣〉、〈儲才〉諸篇的知變會通，則是「才」與「學」的融合，二者互相為用，方能形成個人獨特的風格，造就文章不朽之盛事。

然清末民初時期，中國社會正處於急劇變化，新舊交替的階段，而文論思想，亦受到莫大的衝擊，王運熙《中國文學批評史》載：

> 隨著鴉片戰爭和太平天國革命、戊戌變法維新運動、辛亥革命的風雷激蕩而使文學思潮波譎雲詭、新變疊現。（第七編〈緒論〉）[13]

是以吳曾祺《涵芬樓文談》雖完成於西方新學說輸入引進之時，但其仍秉持著中國傳統文化的宗旨，示學子以為學之道，作文之法，不盲目趨附新學，亦不抱殘守缺，奠基於固有的學術理念，另創通達之識見，為中國近代文論代表之一。

【主要參考資料】

一、書籍

《涵芬樓文談》，清・吳曾祺著，臺北：臺灣商務印書館，1966 年版。

《漪香山館文集》，清・吳曾祺著，上海：上海商務印書館，1935 年 2 月國難後第一版。

《文心雕龍讀本》（上、下篇），王更生注釋，臺北：文史哲出版社，1985 年 3 月初版。

---

[13] 王運熙、顧易生主編：《中國文學批評史》（臺北：五南圖書出版公司，1991 年 11 月），下冊，頁 945。

《中國文學批評史》，郭紹虞著，臺北：文史哲出版社，1988
　　年 4 月再版。

《中國文學批評史》（上、下冊），王運熙、顧易生主編，臺
　　北：五南圖書出版公司，1991 年 11 月初版。

二、期刊論文

〈中國古代文論研究與現代意識〉，蔣凡撰，《中國古代近代
　　文學研究》，1991 年第 5 期。

〈開拓中國古代文學理論的新局──從整理「文話」談起〉，
　　王更生撰，《中國古代近代文學研究》，1994 年第 4 期。

〈試論中國古代文論的形態特徵〉，楊星映、盧開運撰，《中
　　國古代近代文學研究》，1994 年第 6 期。

《吳曾祺涵芬樓文談研究》，蔡美惠撰，國立臺灣師範大學
　　國文研究所碩士論文，1995 年 6 月。

國家圖書館出版品預行編目

詩詞散文綜論 / 陶子珍著. － 一版.
臺北市；秀威資訊科技, 2004 [民 93]
　面 ；　　公分. -- 　參考書目：面
ISBN 978-986-7614-12-4（平裝）
1. 中國文學 － 評論

820.7　　　　　　　　　　　　　92021276

 語言文學類　　AG0011

詩詞散文綜論

作　　者 / 陶子珍
發 行 人 / 宋政坤
執行編輯 / 林秉慧
圖文排版 / 張慧雯
封面設計 / 黃偉志
數位轉譯 / 徐真玉　沈裕閔
圖書銷售 / 林怡君
網路服務 / 徐國晉
出版印製 / 秀威資訊科技股份有限公司
　　　　　台北市內湖區瑞光路 583 巷 25 號 1 樓
　　　　　電話：02-2657-9211　　　傳真：02-2657-9106
　　　　　E-mail：service@showwe.com.tw
經 銷 商 / 紅螞蟻圖書有限公司
　　　　　台北市內湖區舊宗路二段 121 巷 28、32 號 4 樓
　　　　　電話：02-2795-3656　　　傳真：02-2795-4100
　　　　　http://www.e-redant.com

2006 年 7 月 BOD 再刷
定價：220 元

讀 者 回 函 卡

感謝您購買本書，為提升服務品質，煩請填寫以下問卷，收到您的寶貴意見後，我們會仔細收藏記錄並回贈紀念品，謝謝！

1.您購買的書名：_____

2.您從何得知本書的消息？

　　□網路書店　　□部落格　　□資料庫搜尋　　□書訊　　□電子報　　□書店

　　□平面媒體　　□ 朋友推薦　　□網站推薦　□其他_____

3.您對本書的評價：(請填代號　1.非常滿意 2.滿意 3.尚可 4.再改進)

　　封面設計____　版面編排____　　內容____　文/譯筆____　　價格____

4.讀完書後您覺得：

　　□很有收獲　□有收獲　□收獲不多　□沒收獲

5.您會推薦本書給朋友嗎？

　　□會　□不會，為什麼？_____

6.其他寶貴的意見：_____

_____

_____

_____

讀者基本資料

姓名：_____　年齡：_____　性別：□女 □男

聯絡電話：_____　E-mail：_____

地址：_____

學歷：□高中(含)以下　　□高中　　□專科學校　　□大學

　　　□研究所(含)以上 □其他_____

職業：□製造業 □金融業 □資訊業 □軍警 □傳播業 □自由業

　　　□服務業 □公務員 □教職　　□學生 □其他_____

（請沿線對摺寄回,謝謝!）

秀威與 BOD

BOD（Books On Demand）是數位出版的大趨勢，秀威資訊率先運用 POD 數位印刷設備來生產書籍，並提供作者全程數位出版服務，致使書籍產銷零庫存，知識傳承不絕版，目前已開闢以下書系：

一、BOD 學術著作—專業論述的閱讀延伸
二、BOD 個人著作—分享生命的心路歷程
三、BOD 旅遊著作—個人深度旅遊文學創作
四、BOD 大陸學者—大陸專業學者學術出版
五、POD 獨家經銷—數位產製的代發行書籍

BOD 秀威網路書店：www.showwe.com.tw
政府出版品網路書店：www.govbooks.com.tw

永不絕版的故事‧自己寫‧永不休止的音符‧自己唱